NATACHA BAUSSAN

HOÉRRA

***

TOME III

JUSQU'À LA FIN

Roman

Le code de la propriété intellectuelle n'autorisant, aux termes des paragraphes 2 et 3 de l'article L. 122-5, d'une part, que les "copies ou reproductions strictement réservées à l'usage privé du copiste et non destinées à une utilisation collective" et, d'autre part, sous réserve du nom de l'auteur et de la source, que les "analyses et les courtes citations justifiées par le caractère critique, polémique, pédagogique, scientifique ou d'information", toute représentation ou reproduction intégrale ou partielle, faite sans le consentement de l'auteur ou des ayants droit ou ayants cause, est illicite (article L.122-4). Cette représentation ou reproduction, par quelque procédé que ce soit, constituerait donc une contrefaçon sanctionnée par les articles L.335-2 et suivants du Code de la propriété intellectuelle.

ISBN : 978-2-3225-5343-3
Dépôt légal : Décembre 2024
© 2024, Natacha Baussan
Édition : BoD · Books on Demand GmbH, In de Tarpen 42, 22848 Norderstedt (Allemagne)
Impression : Libri Plureos GmbH, Friedensallee 273, 22763 Hamburg (Allemagne)

CHAPITRE I

Zìto Zéhiīa !

— Il est dit que tu souhaites une entrevue, je t'écoute, mais sois concis.
Parle et ne me déçois pas.
— Merci à toi, ma reine, de me recevoir et de m'accorder un peu de ton précieux temps. J'ai pensé que tu serais ravie d'apprendre qu'une partie des Monokéros avait rejoint notre cause, et…
— Une partie ? Une partie, Mar ? Tu penses sincèrement que je suis ravie de cette… information ?
Mar baissa encore un peu plus la tête, gardant son corps crispé en position de révérence.
Mains dans le dos, il serra nerveusement ses poings en tentant de réprimer la violente colère qui lui dévastait le ventre.
— Je sais, ô, ma reine, que l'ensemble des Monokéros aurait été plus confortable, mais…

— L'ensemble de cette population faible, stupide et inutile m'importe peu ! Avec ou contre moi, ils périront tous. Mon Nouveau Monde ne portera pas en son sein des êtres aussi répugnants. Me suis-je bien fait comprendre, Mar ?

Sans relever les yeux, l'homme inclina la tête en signe de soumission.

— Décidément, tu me déçois. Je te pensais plus aguerri, tout de même.

Puis, se tournant vers la femme qui se tenait debout à la droite de son trône, la reine dit avec dédain :

— Il me donne sûrement son maximum, après tout, il ne s'agit que d'un mâle !

Les deux femmes éclatèrent d'un rire aigu et cynique.

D'un signe de la main, la souveraine congédia Mar.

L'homme recula sans lui tourner le dos et, toujours incliné, il s'exclama :

— ZÌTO[1] ZÉHIRA !

Une fois les grandes portes de la salle du trône refermées sur lui, Mar se releva de tout son long et relâcha ses poings blanchis par la pression qu'il avait exercée.

L'homme voûté et vulnérable était à présent puissant et imposant du haut de son mètre quatre-vingt-dix. Il recoiffa sa courte chevelure brune et resserra son pagne noué autour de son torse nu, sec et musclé. En lissant le tissu avec la paume de ses mains, il poussa un profond soupir pour tenter de reprendre son calme.

---

[1] Vive Zéhira

— Encore une fois, elle ne t'a pas loupé, la garce ! s'exclama un jeune homme aux longs cheveux blonds.

Le bellâtre était apparu sans que Mar ne le remarque. Vêtu d'un costume trois-pièces sur mesure, il replaçait son nœud de cravate fait de soie de lotus.

Sans exprimer aucune surprise, Mar grogna :

— Ça va, Armen ! Ne la ramène pas toi, sinon…

— Sinon quoi ? Tu vas m'engloutir sous les eaux, Mar… ou devrais-je dire "Dieu Poséidon" ? Tu parles d'une divinité, tu es une vraie lavette face à Zéhira !

— Arrête avec tes inepties divines, on dirait un humain !

— Ne m'insulte pas sinon…

La tension monta d'un cran.

Pensant l'intimider, Armen s'approcha de Mar, mais l'adonis faisait une tête de moins que le colossal "dieu des mers".

Mar serra les poings.

— Je suis tenté de te régler ton compte maintenant, mais nous avons besoin de tout le monde. Profites-en, ma clémence ne durera pas. Fais en sorte de ne pas te retrouver sur mon chemin lorsqu'Abgar ne sera plus dans nos pattes.

Mar tourna les talons et s'en alla avec calme et puissance.

Ne voulant pas perdre la face, Armen lança :

— Et tu pourrais te vêtir normalement ! C'est fini depuis des siècles, la Grèce antique, vieux, modernise-toi !

Sans se retourner, Mar balaya ces propos de la main :

— On crève de chaud dans cet enfer !

Décollant son col de chemise qui lui serrait le cou, Armen soupira :
— Il n'a pas tort, le bougre !
Les lourdes portes s'entrouvrirent.
— Armen, Zéhira veut voir Rahel au plus vite ! Magne-toi, ce crétin de Mar l'a mise de mauvaise humeur !
En refermant la porte derrière elle, la femme qui venait de donner ses ordres à Armen s'exclama :
— Patience, ma chère Zéhira, patience.
— Tu plaisantes, Kitra ? Tu oses m'intimer d'être patiente ? Cela fait des siècles que je prépare ce moment. Est-il utile de te rappeler ce par quoi je suis passée ?
Alors qu'elle retournait vers le trône d'un pas langoureux, l'impétueuse brune, drapée dans une robe bleu roi, répondit avec calme :
— Si moi je ne le sais pas, personne ne peut le savoir. Zéhira, tu es notre reine à tous. Si nous sommes, à présent, à tes côtés, c'est justement grâce au chemin que tu as parcouru. Je comprends ton agacement et moi-même, je trépigne d'impatience d'écraser sous mes talons la misérable face d'Abgar. Mais pour ce faire, nous avons besoin de toutes les forces qui seront à notre disposition. Bien évidemment si ce crétin de Mar a raison, ces ridicules licornes nous serviront. Nous les mettrons en première ligne, ainsi elles feront bouclier pour protéger les véritables guerriers qui nous suivront dans ton Nouveau Monde.

Kitra avait repris sa place, à la droite du trône de Zéhira, et recoiffait sa longue chevelure ondulée.

— Tu as raison. Et pour mener cette infanterie, je nommerai le général Mar.

La double porte s'ouvrit pour laisser entrer une jeune femme blonde, vêtue d'une robe verte.

Rapidement, elle s'avança vers le trône.

Elle s'inclina légèrement face à Zéhira.

— Je t'en prie, Rahel, pas de manières entre nous. Les marques de loyauté sont pour les mâles et les êtres inférieurs. Toi, tu es notre égale. Relève-toi et dis-moi si les rumeurs distillées par Mar sont concrètes.

Zéhira avait prononcé ces mots avec douceur et bienveillance.

— Effectivement, des Onagres et des Shâdhahvârs se sont présentées à notre campement. Je ne voulais pas t'en parler tant que je n'étais pas sûre qu'il ne s'agissait pas de traîtresses et d'espionnes opérant pour le compte d'Abgar. Il est assez fourbe pour mettre au point un tel stratagème.

— Tu as bien fait. D'ailleurs, nos espions ignorent-ils toujours où il se cache ? Se terre-t-il encore dans le Diploste ?

— Il est devenu invisible ! Impossible de savoir ce qu'il prépare. Mais, rassure-toi, nos Oiseaux quadrillent le Diploste et le Chalari. Ils vont le retrouver, c'est une question de temps. Concernant les Monokéros, je pense que le petit groupe qui nous a rejoints peut nous servir, mais uniquement de "chair à canon". Elles ne sont pas fiables, car elles m'affirment que le reste de leur peuple arrive, alors qu'une source sûre soutient que Vévaios tient ses troupes à l'écart des conflits.

— Kitra et moi-même sommes parvenues aux mêmes conclusions. Fais-leur croire que nous leur accordons notre confiance et le moment venu, Mar les mènera au combat.

— Mar ? demanda perplexe Rahel.

— Bien sûr ! Tu ne pensais tout de même pas que les mâles avaient leur place dans notre Nouveau Monde ?

Un silence sourd emplit la vaste pièce.

— Répugnant mâle, chuchota Kitra.

— Bon, Rahel, retourne au campement et trouve-moi où se cache ce maudit Abgar. Il mijote quelque chose, c'est évident ! Et il est hors de question qu'il me mette encore en échec, si près du but.

— Bien, Zéhira. Et que fait-on de lui lorsqu'il sera capturé ?

— Vous me l'amenez ! Il est à moi, Zéhira me l'a promis ! Il me le faut vivant et en bonne santé ! Je veux avoir le temps de le torturer et de le voir souffrir, répondit Kitra, rictus démoniaque aux lèvres.

Rahel inclina la tête, puis quitta la pièce sans tourner le dos au trône :

— ZÌTO ZÉHIRA !

— Oh, Rahel, voyons ! souffla Zéhira dans une fausse modestie. Elle est bien cette petite, non ?

Pour seule réponse, Kitra acquiesça gravement d'un signe de tête.

CHAPITRE II

Hoérra-Rachel

— Rachel !
— Qu'est-ce qui se passe ? bondit Polias.
— C'est encore la gamine qui se fait remarquer ! grogna Razi, enveloppé dans ses vêtements.
Sans prêter attention aux jurons du gardien, la gardienne se glissa jusqu'à Hoérra qui était toujours allongée.
— Hoérra, tout va bien ?
— J'ignore qui est Hoérra. Mais, moi, Rachel, ça ne va pas du tout ! Je peux savoir ce que je fais là ?
La voix de femme sortait de la capuche qui cachait le visage d'Hoérra.
Paniquée, Polias retira violemment le capuchon de la tête de l'enfant.
— Viridus ! Viridus, ramène-toi !
— Mais tais-toi ! Tu vas nous faire repérer ! chuchota Mister Trusty, que se passe-t-il ?

— Regarde par toi-même ! répondit Polias, totalement abasourdie, en désignant du menton l'endroit où s'était endormie Hoérra, quelques heures auparavant.

Se voulant rassurant, le gorfou se pencha vers le corps de l'enfant :

— Eh bien, ma sauterelle que…

Soudain, Mister Trusty devint muet.

Intrigué par le remue-ménage que faisaient le gorfou et la gardienne, Razi se leva et s'approcha du groupe.

— Ah ben voilà ! On nous l'a changée ! J'espère que celle-ci est mieux que l'insupportable gamine que je me suis coltinée depuis plusieurs jours !

En regardant Anochi assoupi à ses côtés, il soupira :

— Ah ! dommage ! Ils auraient pu nous le remplacer aussi, celui-là, car il est aussi invivable que la gosse !

Puis, sans plus de cérémonie, il retourna dans son coin et se drapa dans ses vêtements :

— Bonne nuit !

— Euh, attends Razi ! Tu sais ce qu'il se passe ? Où est Hoérra ? demanda Polias.

— Razi, s'il te plaît ! Nous devons savoir ! insista Mister Trusty en l'absence de réponse.

— Pfeu, si je vous le dis, vous me laisserez tranquille ? Pour une fois qu'on n'a pas la gosse sur le dos, j'avais la paix, ne gâchez pas tout s'il vous plaît. Elle a déclaré s'appeler Rachel. Vous avez devant vous la dernière existence qu'elle a vécue juste avant Hoérra.

— D'accord. Mais premièrement, c'est possible ça ? Qu'une vie refasse son apparition en effaçant la présente ? Et surtout, ça n'explique pas pourquoi elle vient de prendre de l'âge instantanément ! Elle a vingt ans, maintenant ! s'exclama Polias. À ce rythme, elle sera morte de vieillesse avant qu'on arrive !

Agacé de voir que Polias ne le laisserait pas en paix, Razi se rassit :

— Bon, écoute, tu veux vraiment savoir ce qui est normal ou pas dans le Chalari ? Je te rappelle qu'Abgar a fait un truc qu'on n'est pas censé faire : amener une enveloppe corporelle vivante ici ! Donc parti de là…

Il haussa les épaules en tournant ses paumes vers le ciel en signe d'impuissance.

Constatant que tout le monde était médusé face à "Rachel-Hoérra", Razi décida de prendre les choses en main. Il se leva, puis d'un geste de la main dégagea les deux potiches inertes.

Il se mit à genoux face au phénomène :

— Écoute, Rachel, je me nomme Razi et tu es dans une expédition biologique marine. Tu te rappelles que tu fais ça, parfois ?

Le ton doux et apaisant du gardien rassura Rachel qui affirma de la tête. Confiant, il continua :

— Tu es un peu désorientée à cause du décalage horaire et de la longue route que nous avons faite. Je te propose de t'endormir et tu verras, une fois la nuit passée, tu y verras plus clair. Il faudra que tu penses aussi à écrire à Dorothy dès demain. D'accord Rachel ?

— Ah oui, Dorothy. Je ferai ça ! À demain l'équipe.

La jeune femme se recoucha et produisit aussitôt une respiration profonde.

Satisfait, Razi se frotta les mains :

— C'est bon ? Vous avez encore besoin de moi, ou je peux vraiment être seul maintenant ?

Sans attendre de réponse, il retourna dans son coin, tentant de cacher son rictus de délectation face aux mines hébétées de ses acolytes.

Sans être, pour autant, rassurés, Polias et Mister Trusty décidèrent d'établir une ronde aux côtés d'"Hoérra-Rachel".

Au petit matin, voyant qu'Hoérra dormait toujours, la gardienne et le gorfou partirent en repérage des lieux, laissant Razi veiller sur le camp de fortune.

— Au secours ! À l'aide !

Polias, qui n'était pas loin, se précipita immédiatement et fut déstabilisée de découvrir la scène qui se jouait sous ses yeux : une jeune femme rousse d'une vingtaine d'années était debout, Razi se tenait derrière elle et lui bâillonnait la bouche de sa main, tandis qu'Anochi la menaçait de sa corne sur l'emplacement qui abritait son cœur. Quant à Tsip, elle reniflait l'inconnue avec ses trois truffes.

— Qui êtes-vous ? Et qu'avez-vous fait de ma merveilleuse Hoérra ? grognait le Monokéros.

Apercevant Polias, Razi s'exclama :

— Je suis tenté de le laisser faire !

— Arrête ça tout de suite, Razi, ce n'est pas marrant. Et lâche-la ! C'est bon, elle a compris, elle ne va pas hurler, gronda Polias qui avait repoussé Anochi loin de la jeune femme.

Le gardien desserra son étreinte et retira sa main.

— Mais enfin, Anochi, c'est moi, Hoérra ! Que t'arrive-t-il ?

Le son de sa voix la perturba : elle était plus grave que d'habitude.

Elle constata aussi que ses cheveux étaient plus longs, mais également plus clairs.

Alarmée, elle comprit qu'elle avait encore subi une nouvelle poussée de croissance express.

Enfin, une poussée de vieillesse serait un terme plus adapté !

Elle n'avait pas beaucoup grandi, mais, à regarder toutes les parties de son corps qu'elle pouvait voir sans miroir, elle n'avait aucun doute : elle n'était plus une enfant, ni même une adolescente.

— J'ai quel âge, là ?

Polias refusait de répondre et Anochi, encore sous le choc, ne parvenait pas à articuler un seul mot audible.

— Une bonne vingtaine d'années, Rachel, déclara Razi, d'un ton moqueur.

— Vingt ans ! C'est pas possible ! Polias, Mister Trusty, comment ça se fait ?

Affolée, Hoérra parcourait son entourage des yeux à la recherche du gorfou, mais elle ne trouva que Polias qui avait l'air aussi dépassé qu'elle.

— Et pourquoi m'as-tu appelée Rach…

Hoérra ne termina pas sa question.

Soudain, elle sentit qu'une présence cohabitait dans son corps.

Elle sut à ce moment précis qu'il s'agissait de la fameuse Rachel, car des flashs de sa vie s'imposèrent à Hoérra.

Elle découvrit la famille de Rachel et sa ferme grise, entourée de ses barrières blanches.

Des images d'étangs, de forêts et de champs passaient pêle-mêle devant ses yeux.

Une multitude de papiers écrits en anglais, manuscrits ou tapés à la machine, se présentaient à elle avant de s'envoler.

Elle revit l'assemblée qui était happée par ses propos et les discours enflammés qui la vidaient de toute son énergie.

Elle ressentit à nouveau la mastectomie que Rachel avait subie et les traitements qui avaient fini par la tuer.

Soudain, une image se figea : une belle femme blonde aux yeux noisette. Ses doux traits souriaient à Hoérra.

— Dorothy !

Son cœur s'emballa.

Elle aurait tant aimé la serrer dans ses bras, la chérir et lui dire combien elle lui manquait. Elle aurait souhaité lui demander où elle se trouvait à ce moment.

Mais l'image s'effaça.

Hoérra comprit alors qu'elle venait de revivre sa précédente vie sous la forme de Rachel.[2]

Cette vie antérieure ne se résumait plus à de simples ressentis ou des réflexions qui sortaient de sa bouche sans qu'elle en ait conscience, maintenant, elle ne cohabitait plus avec cette dernière existence : Hoérra et Rachel ne faisaient plus qu'une, chacune prenant connaissance de la présence de l'autre.

Étonnamment, cela ne perturba pas Hoérra, au contraire, elle eut le sentiment qu'elle venait d'emboîter une pièce de puzzle.

Quant à Rachel, elle comprit qu'elle était dans le corps d'Hoérra et que sa vie était passée à présent. Elle l'accepta et fut, elle aussi, apaisée.

Lorsque Hoérra sortit de son état, elle constata qu'elle était debout et que tout le reste du groupe lui faisait face.

— Quelque chose ne va pas ?

Voyant les mines déconfites de ses compagnons, elle s'exclama :

— Ah ! C'est Rachel qui vous a fait peur ? Désolée, elle ne voulait surtout pas créer de malaise. Elle a compris où elle était et je peux vous assurer qu'elle ne refera pas surface sans que j'en sois consciente et que je sois d'accord. Par contre, je fais quoi moi, si je continue de prendre de l'âge comme ça ? Je vais avoir cent cinquante ans quand je vais

---

[2] Rachel Carlson (27 mai 1907 – 14 avril 1964) Biologiste marine, conservationniste, écrivaine, essayiste, écologiste, zoologiste, lanceuse d'alerte.

devoir me battre contre Zéhira. J'ai un doute, mais je ne suis pas sûre que le combat soit équitable !

— Je me suis renseigné, visiblement c'est l'endroit qui te fait vieillir plus vite. Nous sommes au point d'équilibre entre les zones sombres et claires, et ton corps ne le supporte pas. On ne va pas tarder à passer dans le Chalari noir, ça va se stabiliser tout seul, normalement.

Mister Trusty était réapparu sans qu'Hoérra ne s'en rende compte.

— Allez, on ne traîne pas, mes p'tits gars ! On plie le camp et on fonce, alors ! Traversons cette maudite frontière le plus vite possible ! s'exclama Polias.

Tout en rangeant ses affaires, Razi murmura :

— Enfin, si notre douce Brata'ry' ne nous déchiquette pas avant. Allez, hauts les cœurs !

CHAPITRE III

Le dilemme des Mêtis

Cela faisait maintenant plusieurs semaines que l'insolite groupe marchait le long de la frontière.
Le paysage n'évoluait pas beaucoup et ressemblait toujours, plus ou moins, à l'endroit dans lequel séjournait Razi.
Étonnamment, Hoérra ne sentait plus le feu du soleil de plomb, pas plus que la faim ou la soif.
Les haltes qu'ils faisaient la nuit étaient davantage pour Anochi et Tsip que pour elle.
Le Cerbère ouvrait la marche, talonné de Razi, Polias et Mister Trusty. Quant à Hoérra et Anochi, bons derniers, ils progressaient en se racontant des histoires qui ne semblaient intéresser qu'eux, sans un regard pour le paysage qui les entourait.
— J'en peux plus de ces deux-là ! C'est pour ça que j'ai juré par Styx ? C'est pour faire la nounou de ces deux

abrutis ? Abgar, je te promets que si je m'en sors, tu me le paieras ! grogna Razi.

Polias et Mister Trusty feignirent de ne pas l'entendre. C'est aussi ce que faisait habituellement Hoérra, mais cette fois ce fut la réflexion de trop. La jeune femme interrompit sa conversation, leva la tête vers Razi, et demanda :

— C'est nous que tu traites d'abrutis ? Tu te prends pour…

Hoérra, bouche bée, ne parvint pas à terminer sa phrase.

Le paysage qui se dressait devant eux la laissa sans voix.

Depuis le début de leur périple, il était impossible de faire la différence entre la zone sombre et la zone claire.

À présent, Hoérra pouvait dire, au millimètre près (ou plutôt au grain de sable) où se délimitaient ces deux mondes.

Devant eux s'étendait un pâle désert céruléen.

— C'est la zone sombre ?

— Disons, plutôt, l'antichambre. Tu voulais me dire quelque chose, "Hoérra-Rachel et toute la troupe" ? demanda Razi, irrité par le ton que l'insolente avait eu l'audace d'utiliser quelques secondes auparavant.

— Truc de fou ! Non, laisse tomber, vieux, marmonna la jeune femme qui s'était accroupie pour prendre un peu de sable bleu dans ses mains.

— Je vais la tuer, cette sale gosse ! Comment oses-tu me parler de la sorte ? hurla Razi.

Polias avait retenu le gardien qui avait commencé à s'élancer pour se jeter sur elle :

— Stop ! Elle ne se rend pas compte. Tu sais bien que pour le moment, il n'y a qu'Hoérra… et maintenant cette Rachel. Elles ne te connaissent pas, elles sont totalement ignares face à la situation. Et puis, cesse de hurler, tu vas nous faire remarquer.

Un lourd tremblement résonna à travers les dunes bleu azur.

La horde se figea.

Tsip pointa ses trois museaux vers un endroit fixe puis, sans crier gare, se mit à aboyer. Les grondements se firent de plus en plus précis.

— Tsip arrête, pitié, arrête ! supplia Polias.

Le groupe se tétanisa, à l'exception de Razi et de son Cerbère.

La bête jappait en remuant dans tous les sens alors que le gardien, l'air satisfait, avait croisé ses bras fixant au loin un nuage de sable qui semblait soulever des tonnes de grains arénacés.

Il avait tout prévu ! Ce fourbe de Razi nous a tendu un piège et nous y avons couru tête la première comme des fous !

Le regard d'Hoérra rencontra celui d'Anochi qui visiblement pensait la même chose.

Il se plaça devant la jeune femme :

— Ne craignez rien, ma reine ! Je vous défendrai, au péril de mon existence s'il le faut !

Très sérieusement, le Monokéros bomba le torse et pointa sa corne droit vers l'effroyable phénomène.

Soudain, tout s'arrêta : le grondement, le tremblement et la tornade arénacée.

Il ne se passa que quelques minutes avant qu'ils n'aperçoivent le monstre qui soulevait autant de poussière, mais cela parut une éternité à Hoérra.

Une fois que tout le sable fut retombé, une imposante silhouette dorée se dégagea des dunes bleues.

C'est quoi ce truc ?

À plusieurs mètres, devant eux, venait de s'asseoir une énorme bête au corps de lion et aux ailes de rapace.

— Brata'ry, ma chère amie ! Tu es radieuse et toujours aussi divine ! s'exclama Razi en s'avançant vers le monstre.

Je le savais ! C'est un traître ! Il va nous donner à manger à cette bête !

— Razi ! Que fais-tu par ici ? Il me semble que notre dernière rencontre date de plusieurs siècles. D'ailleurs, cela fait un long moment que j'ai croisé une quelconque existence en ces lieux. Crois-le si tu veux, mais cet endroit n'intéresse guère de monde ces derniers temps.

— Ma pauvre amie ! Eh bien, me voici avec Tsip et nous ne sommes pas seuls.

La bête n'avait pas remarqué le reste du groupe et fronça les sourcils en observant Hoérra.

C'est à ce moment qu'elle découvrit que Brata'ry' avait certes un corps de fauve et d'immenses ailes d'aigle, mais surtout une tête de femme !

Sa longue chevelure dorée était disciplinée par une tresse qui prenait naissance sur le dessus de sa tête pour se terminer sur son torse sous forme de poils. Elle portait un diadème et son regard semblait doux ; enfin assez pour qu'Hoérra tente sa chance en s'avançant vers elle.

— Qui est-ce ? Et pourquoi venez-vous avec autant de monde ? Ne t'approche pas de moi, toi, la femme à la tête de feu, sinon je te coupe en deux ! hurla la bête.

Comme pour appuyer ses dires, le monstre déploya ses gigantesques ailes.

Mon Dieu ! Elles sont maculées de sang !

Hoérra stoppa net son élan et resta figée dans son dernier mouvement.

L'expérience lui avait appris à s'exécuter sans réfléchir à ce genre d'ordre donné par ce type d'être.

Inquiète, elle observa Polias et Mister Trusty qui n'avaient d'yeux que pour Razi.

Ils s'en remettent totalement à lui, le traître, notre meurtrier !

Razi se raidit un peu et montra quelques signes de tension qu'il tenta de dissimiler sous une fausse nonchalance :

— Voyons Brata'ry, tu me connais ! Moi qui passe mon temps avec Tsip, ta tante, penses-tu vraiment que je te tendrais un piège ? Pose la question à ta parente, parle-lui et tu verras que mes intentions sont on ne peut plus honnêtes.

La scène qui suivit fut tout simplement irréelle, même pour le Chalari.

La lionne au visage de madone se mit à converser avec le Cerbère qui lui répondait en aboyant.

Visiblement, l'une comme l'autre se comprenaient.

— Bien, tu as de la chance que Tsip soit plus convaincante que toi. Elle m'a dit que bien évidemment je pouvais te faire confiance, mais à tes acolytes aussi.

Repliant ses ailes, elle demanda :

— En revanche, elle ne m'a pas dit ce que vous veniez faire sur mon territoire.

— Oh, rien de spécial. On passait dans le coin et je me suis dit qu'on allait faire un coucou à notre vieille amie avant d'aller dans la zone sombre, répondit Razi avec un détachement légèrement surjoué.

Il avait repris sa marche, suivi de tout le groupe qui n'osait pas parler de peur d'attirer l'attention de la bête. Seule Tsip était à plusieurs mètres devant tout le monde et sautillait dans les dunes telle un kangourou.

— Bon, ben c'était sympa de te revoir ! Je te promets de revenir par-là lorsque je retournerai chez moi. À plus ma…

Sans trop d'étonnement, Razi ne termina pas sa phrase, car Brata'ry' lui avait bloqué le passage brusquement :

— Tu penses vraiment t'en sortir à aussi bon compte ? Razi, grand gardien, me prends-tu pour si sotte ?

Razi prit un air interloqué :

— Bien sûr que non ! Mais d'habitude, tu me laisses passer sans hésitation. Pourquoi ne le voudrais-tu pas aujourd'hui ?

— D'ordinaire, je vous permets de fouler ces terres, à toi, mais surtout à ma tante Tsip. Tu te serais présenté sans elle, tu n'aurais pas eu ce traitement de faveur, répondit la bête agacée de voir que le gardien la pensait assez ignare pour lui servir des boniments aussi ineptes.
Razi commença à perdre un peu de son assurance :
— Mais enfin Brat', je suis avec Tsip : rien n'a changé !
La femme au corps de lion se posa sur une dune de sable bleu et déclara :
— Personne, excepté ma tante Tsip, ne passera. Moi, Sphinge Brata'ry, en ai décidé ainsi !
Dépité, Razi se tourna vers Polias et Mister Trusty :
— J'ai abattu toutes mes cartes. Je ne sais plus quoi faire.
— On s'engage en force, chuchota la gardienne de la guerre qui avait camouflé son visage sous un vaste capuchon.
— N'y pense même pas ! Si vous faites ça, Razi et toi, vous mettrez des jours à vous rétablir des blessures que la Sphinge vous aura infligées. Et inutile de préciser qu'Anochi et Hoérra seraient exécutés en quelques secondes ! répliqua froidement Mister Trusty.
— Je confirme. Elle est trop forte, même pour toi et moi, avoua Razi.
— Veuillez excuser mon impolitesse, dame Brata'ry. Je ne suis qu'un humble Monokéros extrêmement impressionné par votre prestance, déclama Anochi.
Elle va le manger en hors-d'œuvre le pauvre. Il n'est pas courageux, mais fou !

La bête posa son regard sur la chétive chèvre. Elle lui sourit :

— Cela fait bien des siècles qu'un gentilhomme ne s'est pas adressé à moi de la sorte, sieur.

— Douce madone, je me nomme Anochi. Êtes-vous au fait que votre légendaire existence est parvenue jusqu'à mon monde ? On y conte votre beauté, votre grâce, mais surtout votre intelligence et votre ingéniosité, répondit Anochi tout en restant le plus humble possible.

Les louanges firent mouche.

Brata'ry' se releva, secouant la tête pour laisser onduler sa chevelure-crinière d'or.

— Je ne savais pas les Monokéros aussi raffinés et connaisseurs. Il me semblait que les gens de ton peuple étaient imbus de leur personne et relativement vaniteux. Visiblement, j'étais dans l'erreur.

— C'est à cela que l'on reconnaît les grandes âmes : "*l'erreur est affaire d'intelligence*"[3].

— Dis voir Tsip, par le passé, il m'aurait été plus agréable que tu me présentes des êtres aussi soignés que notre ami Anochi, au lieu de cet animal de Razi.

Le reste du groupe était abasourdi par ce retournement de situation et Razi paraissait quelque peu vexé par la tournure que prenaient les événements. Mais, intelligemment, il se retint d'émettre la moindre protestation.

---

[3] Maitre Eckart

— Mais, dis-moi, noble Monokéros : pourquoi souhaitez-vous traverser mes terres ? Il n'y a que noirceur derrière moi, et tu me sembles appartenir aux êtres lumineux, demanda avec malice la Sphinge.
Anochi fut pris au dépourvu. Heureusement, Mister Trusty vola à son secours :
— Nous désirons nous rendre chez les Centaures. Nous devons y parler affaires et de là où nous venons, c'est le chemin le plus court. Nous ne faisons qu'un rapide crochet dans le sombre pour revenir aussitôt à la frontière.
— Oui, il est vrai que ce serait plus simple ainsi. Mais je n'ai pas le droit de laisser passer n'importe qui. Qui êtes-vous d'abord ? Car seul le Monokéros a eu la politesse de se présenter.
Anochi, qui avait repris un peu d'assurance, répondit en se rapprochant de l'oreille de la Sphinge pour lui chuchoter :
— Je dois voir mes cousins pour régler un différend familial. J'ai embauché Razi et l'autre pour me protéger et j'amène ces deux âmes humaines en cadeau.
— Malin… poli, intelligent et malin. Cela nous fait tant de points communs, mon cher Anochi.
Le Monokéros se tourna vers Hoérra pour échanger un regard de triomphe.
Cet élan victorieux fut stoppé net :
— Cependant, je pense que tu peux comprendre que je ne peux toujours pas vous laisser pénétrer sur mon territoire. J'en suis désolée, mais c'est impossible, répondit la bête en se posant à nouveau sur le sable.

On n'y arrivera jamais ! Elle s'amuse avec nous…
Mais oui, c'est ça ! La Sphinge s'amuse !
Hoérra se rappela ces livres de mythologies lorsque soudain d'autres connaissances vinrent se rajouter à celles déjà acquises par l'enfant.
Excellent ! J'ai aussi le savoir de Rachel !
Enhardie par tant d'érudition, la jeune femme fut transcendée par une pulsion de courage et de bravoure :
— Veuillez pardonner mon ignorance, grande Brata'ry, mais est-il vrai que vous êtes un maître en Bs[4] Nhpw[5] ?
La Sphinge ne put cacher son étonnement lorsqu'elle entendit Hoérra prononcer ces mots dans un parfait égyptien antique.
Dans le mille ! J'ai bien fait de prendre des cours d'égyptien, dans le département d'étude du proche orient à l'université Johns-Hopkins, lorsque j'étais Rachel !
— Wr-jw[6], chuchota la bête.
— Ah, non, non pas du tout ! Je suis juste une âme humaine avide de connaissances qui, lors d'une de ses vies, a appris votre noble langage. Par contre, étant de nature curieuse, je peux dire sans trop me vanter que je suis assez bonne en Bs Nhpw, ou comme on dit maintenant : en énigmes.
Le plan de la jeune femme se déroula à merveille. Piquée au vif, Brata'ry' se redressa de toute sa hauteur :
— Assez bonne, dis-tu ? Meilleure que moi peut-être ?

---
[4] Mystère en égyptien antique
[5] Problème en égyptien antique
[6] Divinité en égyptien antique

— Je n'oserai affirmer de telles inepties, mais… j'aime à penser que je serai capable de trouver la réponse à un de vos mystères, assura Hoérra qui parvenait, tant bien que mal, à cacher l'angoisse qui commençait à monter.

Mais pourquoi je dis ça, moi ? C'est toi, Rachel, qui te la pètes comme ça ? Je te préviens, tu as intérêt à gérer, meuf, si tu veux pas finir en steaks pour Sphinge !

Profitant de l'effet de surprise, la jeune femme continua de dérouler son plan :

— Je vous propose un marché : posez-moi la question que vous voulez et si je parviens à répondre, vous nous laisserez passer en nous promettant de taire notre rencontre à quiconque vous le demanderait.

— Et si tu perds ? demanda malicieusement la bête.

Sans attendre de réponse, Brata'ry' annonça :

— Si tu perds, non seulement tu ne passeras pas, mais je vous garderai tous pour moi ! Je vous conserverai pour mes repas et Razi pour mes jeux. Tsip sera libre de s'en aller, bien évidemment. Marché conclu ?

Une réponse, c'est faisable. Rachel en sait un bout, mine de rien, et moi aussi, quand même ! Et puis avec un peu de chance, une autre de mes vies va nous aider !

Remplie d'un optimisme démesuré, Hoérra tendit sa main en direction de la femme lionne :

— Marché conclu !

Levant sa patte, elle arrêta son mouvement à quelques centimètres de la main d'Hoérra :

— Par contre, un mystère, ce n'est pas assez ! Le pacte tient pour trois problèmes à résoudre. Chaque fois que ta réponse sera fausse, je mangerai l'un de vous. Je commencerai par la chèvre, car elle me donne l'eau à la bouche depuis tout à l'heure. Ensuite, j'avalerai le pingouin et la grande qui se cache et je terminerai par toi, ma chère ! Vendu ?

Sans qu'Hoérra n'en donne l'ordre à son corps, sa main tapa la patte féline :

— Brt[7] !

Qui a fait ça ? C'est pas moi ni Rachel !

Subitement, Hoérra sentit que toutes ses vies antérieures avaient refait surface.

Ah, ben ça c'est sympa les copines, vous allez pouvoir nous aider ! On sera jamais trop face à ce monstre !

Alors que Brata'ry' tenait Anochi entre ses pattes, elle annonça :

— Ah ! Enfin, une vraie Mètis, comme je les aime ! Voici le premier mystère : je suis depuis très longtemps dans la mer, mais je ne sais pas nager… qui suis-je ?

Cherchant un allié de poids, Hoérra se retourna vers Mister Trusty, mais aussitôt la Sphinge s'énerva :

— Il suffit ! Je n'accepterai aucune tricherie de ta part, et je vais m'en assurer immédiatement !

---

[7] Contrat, accord en égyptien ancien

Une tornade sableuse s'éleva. Hoérra était incapable de percevoir quelque chose à moins d'un mètre. Tout le monde avait disparu, monstre compris.

Lorsque la tempête s'arrêta, elle découvrit que Brata'ry' se tenait aux côtés d'un immense sablier qui écoulait ses grains doucement.

La Sphinge avait l'air particulièrement ravie de son œuvre (et pour cause !) : l'instrument ovoïde emprisonnait tous les acolytes d'Hoérra.

D'Anochi, en passant par Polias, tous étaient captifs de l'objet égrainant lentement, mais sûrement, son précieux sablon sur la tête de ses détenus.

Seule Tsip avait échappé à la sentence de sa nièce.

La malheureuse jappait en grattant le verre dans l'intention de délivrer son ami, Razi.

— Cela ne sert à rien. Si tu veux vraiment me voir sortir d'ici, apporte ton soutien à la gamine. Visiblement, elle a plus besoin d'aide que moi, assura le gardien.

Le Cerbère obéit et s'approcha d'une Hoérra terrassée de doutes et de reproches.

Mais ça va pas d'avoir pactisé avec ce diable ? Qui est celle qui a tapé dans sa main ? Ah là, bien sûr, y'a plus personne, hein ! Je peux vous dire qu'avec Rachel, on est folles de rage ! Je vous jure que si on chope qui a fait ça...

Soudain, Hoérra eut la sensation d'entendre ses parents la sermonner.

Cela doit être Rachel qui ressort. Après tout, elle a adopté son petit-neveu alors que l'orphelin avait à peine cinq ans.

Maintenant que Rachel était bien présente en elle, Hoérra comprit la délicate mission qu'était celle d'être parent.

Elle se mit à la place de sa mère, Céline, qui avait perçu le poids de la responsabilité aux premiers instants de vie de son nouveau-né. Inexplicablement, elle sut aussi que ce sentiment ne quittait plus jamais une mère.

Hoérra sentait que cet instinct maternel était en rapport avec le fils adoptif de Rachel, mais imperceptiblement, elle savait qu'elle le ressentait aussi pour d'autres personnes.

Malheureusement, elle était incapable de savoir lesquelles.

Tsip émit un léger jappement.

— Tu as raison, ma belle, je dois me mettre au travail rapidement, car le sablier ne m'attend pas.

Alors, voyons… Je suis depuis très longtemps dans la mer, mais je ne sais pas nager…

— Attention, tu n'as le droit qu'à une seule réponse ! Si elle est fausse… hum, j'en salive d'avance, lança Brata'ry' en fixant Anochi.

Hoérra se força à éviter le regard de ses amis. Elle avait peur que ses sentiments ne l'empêchent de réfléchir.

Bon, réunissons tout le monde. Je ne connais que Rachel. Est-ce que les autres peuvent se présenter ?

Visiblement, l'absence de réponse fit dire à la jeune femme que seule Rachel était décidée à sortir de l'ombre. Pour le moment, Hoérra devait se contenter des aides anonymes.

Parfait ! Comment voulez-vous que je fasse quand je sais simplement que je suis une gamine de onze ans et une biologiste marine ?

Mais oui ! Rachel, elle est pour toi cette question.

Qui est-ce qui vit dans la mer, mais qui ne sait pas nager, Rachel ?

La scientifique était formelle : toutes les espèces vivantes sous l'eau savent évoluer dans cet espace aqueux.

Pourtant, elle a bien dit : "Je suis… "

Ah, mais oui ! Elle n'a pas dit "Je vis" ! Il ne s'agit pas d'une catégorie animale qui existe dans la mer, mais de quelque chose qui y est !

Son regard se leva vers le sablier qui écoulait imperturbablement ses grains.

Soudain, la réponse s'imposa à elle :

— Le sable, je suis le sable ! Je suis depuis très longtemps dans la mer, mais je ne sais pas nager.

Brata'ry' resta de marbre face à la solution annoncée, peut-être trop précipitamment.

Quelle cruche je fais, j'aurais dû prendre le temps de la réflexion ! Je me conduis comme lorsque j'étais à l'école : j'agis avant de réfléchir.

Si ça se trouve, ma spontanéité va coûter la vie à Anochi.

La Sphinge observait le Monokéros lorsqu'elle chuchota :

— Tu ne perds rien pour attendre, mon petit chou. Elle ne réussira pas la prochaine.

Gardant toute sa dignité, Brata'ry' enchaîna aussitôt, sans confirmer que la réponse était la bonne :

— Écoutez les plaintes.

Sur ces tombes éteintes

Et le sol était jonché

Car j'ai tué…

Écoutez les douleurs

Voyez ces couleurs

J'ai causé des malheurs

Je suis en pleurs…

Écoutez le passé

Celui où j'ai fauté

Ces batailles sinistres

Je suis triste…

Écoutez ces vies parties

Ces jeunesses enfouies

On m'a cultivé

J'ai assassiné…

J'ai vécu en Provence

J'ai connu la Durance

Des champs sans suite

Je suis maudite ! [8]

Mais qu'est-ce que c'est que ce truc ?

— Vous pouvez répéter ?

— Hors de question ! répondit la Sphinge sans plus d'explication.

La panique s'empara d'Hoérra, car non seulement, elle n'avait pas en tête les phrases exactes de l'énigme, mais en plus, ses vies antérieures, affolées, s'exprimaient toutes, dans un brouhaha, en lançant des bribes de mots qu'elles avaient retenues.

Il fallut plusieurs minutes à Hoérra pour réussir à rassembler ses esprits.

Ça suffit ! Ok, j'ai pas écouté correctement, mais ce coup-ci, je vais le faire moi-même, car je sais que j'ai une excellente mémoire et que, même si j'y prête pas trop attention, mon cerveau enregistre tout à mon insu.

J'ai juste besoin d'une feuille et un stylo.

Machinalement, son regard se posa sur Mister Trusty, qui attendait dans sa prison de verre.

Celui-ci lui montra sa besace.

Quoi, mon sac ? Il est vide.

Voyant l'insistance du gorfou, elle se décida à plonger la main dedans.

Du bout des doigts, elle sentit le contact doux d'une feuille et celui plus épais d'un stylo.

---
[8] Devinette de Fr.Quino

Miraculeusement, elle sortit de sa sacoche les deux objets nécessaires à sa réussite.

Parfait ! maintenant, vous vous taisez et me laissez me concentrer toute seule !

Le vide se fit dans sa tête, et Hoérra put écrire l'énigme dans son ensemble avec quelques blancs de-ci de-là.

Elle avait, bien évidemment, retenu qu'il avait été question de Provence et de Durance, mais aussi de plaintes, de tueries, de malheurs et de douleur.

La dernière phrase se répéta en elle : "Je suis maudite".

Sans savoir pourquoi, elle avait une résonance particulière et elle se sentit concernée par cette dernière strophe.

Elle chercha quel personnage célèbre avait été maudit.

L'image de Frida Kahlo, l'artiste polytraumatisée, s'imposa à elle.

Si cette femme n'a pas été maudite, je me coupe les bras de suite !

Mais rapidement, elle se ravisa. Frida était mexicaine et avait certes beaucoup voyagé, notamment aux États-Unis, mais il n'avait jamais été question de Provence et encore moins de Durance dans toutes les biographies qu'Hoérra avait pu lire sur la peintre.

Elle tenta de chercher dans les grands noms du Sud de la France, mais elle fut forcée de constater l'étendue de son ignorance à ce sujet.

Des bribes de strophes se répétaient à elle régulièrement : *écoutez les douleurs… écoutez le passé… j'ai assassiné…*

Hoérra eut beau réfléchir sur des assassinats, dans l'histoire de Provence, elle ne découvrit rien d'évident.

À part les guerres mondiales, et celles de religion, je ne trouve pas de tueries de masse.

Un bout de phrase en particulier revenait en boucle, comme si une de ses vies antérieures tentait de communiquer : *voyez ces couleurs.*

Bon, si tu veux me dire quelque chose, exprime-toi, car là je ne comprends rien ! Pourquoi souhaites-tu absolument que je me concentre sur ces quelques mots qui traitent de couleurs ? Et puis, pourquoi tu ne parles pas, toi ?

Hoérra savait que c'était une de ses existences qui prenait contact avec elle, mais, étrangement, elle ne le faisait pas, comme Rachel, par le biais vocal.

La jeune fille laissa l'énigme dans un coin pour se focaliser sur cette mystérieuse présence du passé.

Si elle ne parle pas, c'est qu'elle est sûrement démunie de voix.

Quel être ne parle pas ? Un animal ? D'accord, mais ils s'expriment tout de même par des sons, pourtant là, je ne perçois rien, que des ressentis et des impressions.

Quel autre être est vivant ? Une plante, bien sûr !

À cette révélation, Hoérra eut la certitude qu'elle avait eu la vie, dans le Diploste, sous forme végétale.

Et plusieurs fois visiblement, car dans un premier temps, elle eut la vision d'un panorama extrêmement vert. Le soleil lui faisait beaucoup de bien et une légère brise jouait dans ses feuilles.

Elle se rappela avoir passé quelques années comme cela, puis soudain des humains étaient venus et avaient commencé à plier ses branches une par une pour, finalement, la courber totalement.

Elle qui poussait vers le ciel dans le but de toucher l'astre de feu se retrouvait cassée en deux avec pour seule vue le sol.

Régulièrement, des femmes lui arrachaient ses belles fleurs, alors pour compenser, elle en produisait de plus en plus, mais, plus elle en fabriquait, et plus les humaines les lui extirpaient.

Elle avait une trentaine d'années lorsqu'elle entendit un bruit strident, et avant même de pouvoir apercevoir l'homme qui s'était approché d'elle, un coup s'abattit sur son tronc.

Lentement, l'individu lui ôta la vie dans une douleur insupportable.

Une autre vision l'arracha à son agonie.

Elle voyait un cours d'eau.

La Durance ! C'est certain, je la reconnaîtrais entre mille !

Hoérra sentit à nouveau le soleil réchauffer ses tiges vertes qui se dressaient au plus haut.

Autour d'elle se trouvaient des dizaines de plantes hautes d'un mètre, très épaisses, et colorées de petites fleurs jaunes. Le vent les faisait chavirer doucement de droite à gauche.

Tout semblait calme et paisible.

Soudain, des voix humaines s'élevèrent au loin.

Lentement, elles se rapprochèrent d'Hoérra qui, plantée dans le sol, ne pouvait pas voir ce qui se jouait à plusieurs mètres d'elle, et encore moins se sauver.

Elle savait déjà ce qu'il allait se passer.

À côté d'elle, une main se posa sur sa voisine, et d'un geste sûr, extirpa la pauvre plante de sa terre, pourtant nécessaire à sa survie.

— Ah la belle burle[9] rouge ! Ça va en faire un beau braio, [10]ça ! s'exclama le meurtrier, sans scrupule.

À ces mots, tout s'arrêta et la jeune fille revint dans le désert bleu. Ses compagnons étaient toujours prisonniers, et ils la scrutaient du regard, médusés par son comportement.

Mais pourquoi mes vies antérieures végétales se réveillent-elles maintenant ? Elles pensent que c'est le moment peut-être ? Mes amis sont enfermés et ce monstre n'attend qu'une erreur de ma part pour les manger les uns après les autres !

---

[9] Racine en provençal
[10] Pantalon en provençal

Une image s'imprima dans son esprit. Il s'agissait d'une racine fraîchement déracinée. Un liquide rougeâtre en ressortait, souillant ainsi de rouge la main humaine qui la tenait fermement.

On dirait du sang…

Soudain, cette réflexion eut le don d'occulter le brouillard qui lui parasitait le cerveau et la réponse à l'énigme apparut comme une évidence.

C'est une fleur tinctoriale et plus précisément la garance du Sud !

Elle était réputée pour colorer en rouge les tenues des soldats jusqu'en 1914. C'est d'ailleurs ces maudits uniformes qui ont tué des milliers d'hommes si visibles sur les champs de bataille.

C'est pour cela que le texte parle de sang, de pleurs, de passé et de batailles !

— Il s'agit de la garance du Sud, ou *Rubia tinctorum*, si vous préférez, lança fièrement Hoérra.

La pointe d'arrogance que perçut la Sphinge dans la voix de la jeune fille ne lui plut guère.

Elle fut tentée d'avaler immédiatement le potelé Monokéros, mais elle devait vaincre Hoérra par la Mètis. Aucune autre option n'était envisageable.

Déstabilisée de voir que cette tête de feu était parvenue à résoudre ses deux énigmes, par ailleurs loin d'être évidentes, Brata'ry' chercha le problème qui serait impossible à élucider.

Elle passa en mémoire tous les mystères qu'elle connaissait, mais aucun ne lui semblait implacable.

Prise de panique, elle se décida à en créer un.

Et avant d'avoir la certitude de sa complexité, elle s'exclama :
— Les hommes et les animaux se nourrissent de moi et me préfèrent froide…

Soudain, en croisant le regard de la jeune fille, la Sphinge hésita.

Il y avait une étincelle dans ses yeux que Brata'ry' n'avait encore jamais vue chez personne.

Pourtant, elle en avait rencontré du monde ! Des êtres s'annonçant tous plus intelligents les uns que les autres. Jamais ils n'avaient eu le dessus sur elle.

À chaque Mètis, elle avait gagné, savourant, au sens propre du terme, ses ennemis.

À ces pensées, son assurance lui revint et elle reprit un ton plus affirmé :
— On me dit primitive et barbare, alors que j'ai fait naître Talys.

Divine, je peux créer des apocalypses.

Je suis source d'inventivité et de créativité et fut même la muse d'écrivains comme Racine, Corneille et Balzac.

Je fus dans les esprits de beaucoup depuis la nuit des temps, et suis, encore aujourd'hui, dans de nombreuses familles depuis plusieurs générations.

Fruit de vives émotions, j'agis souvent de sang-froid.

Je suis juste, alors que l'on me juge arbitraire pourtant, je rends à chacun selon ses œuvres.
Qui suis-je ?
Hoérra voulut s'emparer de sa feuille et de son stylo, mais ceux-ci avaient disparu.
— Tu ne pensais pas t'en sortir aussi bien ? Seule ton intelligence est autorisée pour me répondre, intervint le monstre.
Ce coup-ci, j'ai tout retenu. Mais, si je ne l'écris pas, ça va s'effacer de ma tête !
Penchant son regard vers le sol, elle s'exclama :
— Pas grave, le sable fera l'affaire.
Consciencieusement, elle écrivit, au mot près, le texte que venait de réciter Brata'ry.
Une fois qu'elle eut terminé, elle prit du recul pour mieux visualiser.

Les hommes et les animaux se nourrissent de moi et me préfèrent froide*...*

Qu'est-ce que ça peut être ? De l'avoine ? Des légumes ? Des baies ? Des fruits ou de la viande ? Il y en a tellement. Voyons la suite.

... ***je fais naître Talys***.

À part la muse Thalie et le train, je ne connais rien d'autre. Je ne sais pas qui est le créateur de ces TGV et je pense qu'une Sphinge, vieille de plusieurs siècles, ne s'amuserait pas à mettre une compagnie ferroviaire dans son énigme.

En mythologie, les parents de Thalie sont Zeus et Mnémosyne… qu'est-ce qu'Elden viendrait faire là-dedans ?

Bon la suite : **Divine, je peux créer des apocalypses.**

Là, c'est clair, la seule personne que je crois capable de se faire passer pour une déesse et de faire des catastrophes, c'est Zéhira. Mais comment savoir sous quel nom elle a agi ? Il y a tellement de mythologies et encore plus de divinités apocalyptiques ! Voyons, une déesse qui…

Soudain, une bourrasque se leva et balaya une bonne partie du texte qu'Hoérra avait inscrit auparavant.

Paniquée, elle cessa toute recherche et s'efforça de réécrire rapidement les mots effacés.

Il lui fallut un long moment, mais elle parvint à tout retranscrire.

Pfou, j'ai eu chaud ! On continue : **Je suis source d'inventivité et de créativité et fut même la muse d'écrivains comme Racine, Corneille et Balzac.**

Oh pétard, on est mal ! Je déteste les auteurs classiques ! Je ne me souviens d'aucun de leurs bouquins, moi ! Une idée, mes vies antérieures, peut-être ?

Rachel tenta bien quelques approches, mais rien de très probant. Son enfance américaine avait été bercée par les poèmes de Melville ou les récits de Conrad, et ses lectures adultes avaient été tournées vers ses passions biologiques.

Hoérra chercha, donc, seule.

Je me rappelle que j'avais lu qu'il y avait neuf muses qui inspiraient les auteurs, mais à l'exception de Thalie, je ne me souviens d'aucun nom. Et si je réfléchis dans les égéries humaines, c'est pire.

Suivant : **Je fus dans les esprits de beaucoup depuis la nuit des temps, et suis, encore aujourd'hui, dans de nombreuses familles depuis plusieurs générations.**

Qu'est-ce qu'on garde de père en fils ? Des meubles ? Des bijoux ? À part des objets, je ne vois rien d'autre.

Hoérra commençait à perdre patience, car elle savait bien que ces tentatives de réponse ne tenaient pas debout.

Comme pour accentuer son abattement, une rafale effaça, à nouveau, une grande partie du texte.

À bout, elle réécrivit les mots manquants.

Bon, ça suffit là ! Allez, généralement, les dernières phrases sont toujours les plus révélatrices : **Fruit de vives émotions, j'agis souvent de sang-froid.**

La bipolarité ?

Et pour finir : **je suis juste, alors que l'on me juge arbitraire pourtant, je rends à chacun selon ses œuvres.**

Ta grand-mère, peut-être, Madame Brata'ry ?

Incapable de trouver des réponses, Hoérra perdit le peu de sang-froid qui lui restait.

Alors qu'elle tentait de retrouver son calme, une bourrasque, plus forte que les précédentes, s'éleva et plaqua Hoérra sur une dune de sable bleu.

Dès qu'elle le put, elle se releva et constata, dépitée, que tout le texte avait disparu.

C'en était trop pour la jeune fille.

Paniquées, les vies antérieures tâchèrent de lui venir en aide mais Hoérra ne perçut qu'une cacophonie de voix et de sons divers.

Désespérée, elle se concentra sur le brouhaha qui se jouait dans sa tête, espérant entendre le mot qui lui donnerait l'indice qui lui manquait tant pour libérer ses amis.

Elle n'osa même pas porter son regard vers le sablier géant. Elle les avait trahis et ils allaient tous mourir ou, au mieux, être torturés pendant des siècles et des siècles.

Tout est de ma faute.

Les cris redoublèrent d'intensité.

Ça suffit ! Cassez-vous toutes ! Je veux plus vous entendre ! Quand vous le voulez, vous savez m'abandonner, alors là c'est moi qui vous le dis : barrez-vous et laissez-moi crever seule.

Hoérra savait qu'elle ne sauverait pas ses amis, mais il était inenvisageable de s'enfuir et de les laisser seuls à leur sort. Elle mourrait avec eux et si la Sphinge ne souhaitait pas la manger, elle n'aurait qu'à attendre la mort par vieillesse.

Vu la vitesse avec laquelle je flétris, ça devrait être rapide.

Elle décida de placer une plus grande distance entre elle et le reste du groupe.

Cachée derrière une dune, elle s'effondra.

Ma pauvre gamine, tu te prends pour la sauveuse de tous les temps et à la première difficulté, tu t'écroules en laissant mourir tes amis. T'es pathétique. Ils avaient raison les profs, les psys et tous ceux qui t'ont mis plus bas que terre. T'es rien, tu vaux rien et tu mérites de crever ici.

À présent que toutes ses vies l'avaient quittée, Hoérra se retrouvait, à nouveau, totalement elle et son enveloppe corporelle réclama rapidement de quoi se nourrir.

Dans un premier temps, elle tenta de réprimer sa faim, mais bientôt le besoin biologique fut plus fort que l'envie psychique.

Même ça t'es pas foutue de le faire ! Ta carcasse a plus de caractère que toi, ma pauvre chérie !

Mais, je mange où ? Mister Trusty et son rouleau sont enfermés et je doute fort que Brata'ry l'autorise à sortir le refuge pour que sa protégée y fasse un petit gueuleton.

Ne détenant que sa besace, d'un geste nonchalant, elle y plongea sa main.

De toute manière, y'a que dalle...

Comme pour la feuille, ses doigts ne tardèrent pas à toucher un objet à la surface irrégulière. Hoérra s'empara de la sphère et la sortit du sac.

Tiens, l'orange des fées. C'est pas vraiment mon fruit préféré, mais ça fera l'affaire. Elles sont sympas, les Seelies, elles m'ont fourni mon dernier repas.

Elle éplucha soigneusement la peau dans l'espoir de voir apparaître Lévana.

Avec elle à mes côtés, je suis sûre de sauver mes amis.

Une fois l'agrume totalement nu, Hoérra dut se rendre à l'évidence : personne ne viendrait à son secours.

C'est vraiment un bête fruit !

Lentement, elle dégusta les quartiers les uns après les autres.

Ayant avalé le tout, elle fut surprise de constater que ce seul agrume avait suffi à la rassasier.

Elle poussa un soupir lorsqu'elle se rendit compte qu'elle n'avait plus aucun moyen de résoudre la situation.

Elle était face au mur et refusait de retourner voir ses amis pour leur avouer sa défaite.

Soutenir leur regard lui semblait impossible.

Je ne suis vraiment capable de rien. Je suis même pas fichue de m'entendre avec mes vies antérieures pour sauver de pauvres innocents.

Soudain, elle ressentit une présence en elle. Elle savait que ce n'était pas Rachel, ni une de ses vies végétales. C'était une personne qui s'exprimait avec des phrases. Ce n'était pas du français et encore moins une langue étrangère contemporaine.

Impossible de comprendre un traître mot de ce qui passait en boucle dans sa tête, mais une chose était sûre : il y avait de la colère, et plus la voix se manifestait, plus Hoérra sentait une haine profonde l'envahir.

Elle avait envie de hurler, de frapper et de détruire tout ce qui se trouvait sur son passage.

Cette aversion la torturait et la consumait de l'intérieur.

Elle se tourna vers Brata'ry' pensant qu'elle était la source de toute cette colère, car après tout, c'était bien de sa faute si Hoérra se retrouvait dans une telle situation d'impuissance. Sans ce maudit monstre, ils seraient déjà dans la zone sombre à poursuivre leur chemin.

Son regard croisa celui de la femme lionne, mais malgré le dédain qu'elle y vit, Hoérra n'éprouva pas plus de dégoût que cela.

Le sentiment de haine s'intensifia sans savoir à qui, ou à quoi, il était destiné.

J'ai des envies de meurtres. Je pourrais tuer de mes propres mains, c'est certain.

À ces ressentis, qui n'étaient pas les siens, s'ajoutèrent ceux qu'elle avait vécus lors de ses longues périodes scolaires.

Elle revit Nathalie et sa bande la persécuter, l'insulter et la frapper, ainsi que les regards condescendants des maîtresses et leur mépris.

Ce qui mit le feu aux poudres, ce fut de revivre la scène qu'elle avait endurée dans les toilettes de l'école, lorsqu'elle avait été plaquée sur le sol et qu'on lui avait bourré la bouche de papiers usagés.

Cette vision eut l'effet d'une explosion dans la tête d'Hoérra.

Toutes ces années à subir, à supporter ces tortures de la part de ces monstres.

Maintenant, que je connais la vérité, que je sais qui j'ai été avant, je ne suis plus seule et je me sens forte.

Assez forte pour régler mes comptes avec eux, pour faire justice moi-même, pour rendre le mal par le mal, pour me... venger !

À ces mots, la voix qui hurlait en langue ancienne s'arrêta net.

Sous le choc, Hoérra se tétanisa.

Mais que s'est-il passé ? Comment ai-je pu ressentir une telle haine en moi ? Et pourquoi vouloir me venger ? Je ne suis pas comme ça normalement. On m'a toujours appris que la vengeance était pour les faibles ou au pire pour les familles italiennes... vendetta.

Ce mot raisonnait dans sa tête, lorsque soudain tout devint clair.

Hoérra se dirigea vers la Sphinge :

— Vendetta ! Ou plutôt vengeance, si vous préférez !

— Les hommes et les animaux se nourrissent de moi et me préfèrent froide.

La vengeance est un plat qui se mange froid

On me dit primitive et barbare alors que j'ai fait naître Talys.

La loi du talion, Talis en latin, "Œil pour œil, dent pour dent".

Divine, je peux créer des apocalypses.

La vengeance divine

Je suis source d'inventivité et de créativité et fut même la muse d'écrivains comme Racine, Corneille et Balzac.

Nombreux sont les auteurs qui se sont nourris de la vengeance pour composer leurs récits.

Je fus dans les esprits de beaucoup depuis la nuit des temps, et suis, encore aujourd'hui, dans de nombreuses familles depuis plusieurs générations.

La vendetta, bien sûr !

Fruit de vives émotions, j'agis souvent de sang-froid.

Je suis juste, alors que l'on me juge arbitraire pourtant, je rends à chacun selon ses œuvres.

Qui suis-je ?

La vengeance !

Brata'ry était dépitée. Elle était persuadée que cette tête rousse allait abandonner. Il était impossible qu'elle trouve la réponse. Seule la chance avait pu jouer en sa faveur.

Pourtant, elle ne l'avait pas quittée des yeux et à part écrire encore et encore son texte dans le sable et manger une orange, Brata'ry était sûre que la jeune fille n'avait rien fait qui aurait pu l'aider à découvrir la solution.

Obligée de se rendre à l'évidence, elle concéda :

— Tu as gagné, petite tête de feu. J'ignore comment tu as fait, mais il faut bien l'admettre : tu m'as battue à la Mètis et à la loyale.

Je suis un être de parole et je délivre tes compagnons. Je vous laisse aller où bon vous semble.

Une bourrasque enveloppa le groupe et lorsque le sable cessa de voler dans les airs, Hoérra constata que l'immense sablier avait disparu et que ses amis étaient libres.

Soulagée de savoir que personne n'allait mourir sous les griffes de la Sphinge par sa faute, Hoérra serra dans ses bras Mister Trusty, Polias, Anochi et Tsip.

Elle entendit le gorfou chuchoter :

— Une chance que tu aies mangé cette orange ! Merci Lévana !

Hoérra n'eut pas le temps de demander plus d'explications, car déjà Razi s'agaçait :

— Bon, on a perdu assez de temps avec la gamine. Nos rencontres sont toujours… inattendues, ma chère Brata'ry, au plaisir de te revoir. Allez, on y va.

Aussitôt, le gardien, Tsip et Anochi s'avancèrent vers la dune la plus haute, suivis de près par Polias et Mister Trusty.

Hoérra allait les imiter lorsque son regard croisa celui de la Sphinge. Elle s'attendait à y voir de la colère et du mépris, mais étonnamment, elle n'y vit que de la tristesse.

La jeune femme se rendit compte que la haine qu'elle avait ressentie avant ne lui était pas destinée et que même si elle avait menacé de manger ses amis, Hoérra ne lui en voulait pas.

Cet être était seul dans ce désert bleu depuis des siècles, et visiblement, elle était condamnée à garder la frontière.

Prise d'une soudaine compassion, Hoérra s'approcha de Brata'ry' :

— À mon tour :

Inscrite dès notre naissance,

On ne peut lui échapper.

Chacun doit lui faire confiance,

Car on ne peut pas la changer.

Qui est-elle ?

Je suis sûre que nos chemins se recroiseront. Vous me donnerez la solution à ce moment-là. À bientôt !

La Sphinge ne répondit rien, mais Hoérra fut satisfaite de voir une lueur animer le regard de la femme lionne.
Elle rejoignit le groupe, sans se retourner, laissant Brata'ry' à ses recherches.
Ravie de lui avoir offert un peu d'occupation.
Puis, sans savoir d'où venait cette pensée : *et pendant qu'elle réfléchit, elle ne songera pas à prévenir les autres que nous sommes passés dans le Chalari sombre. Bien joué, Hoérra !*

CHAPITRE IV

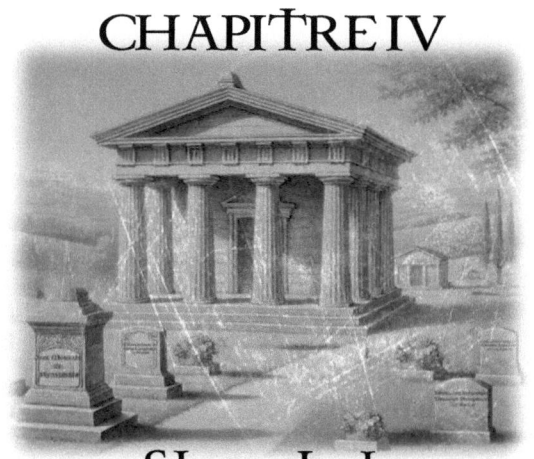

Stymphale

Forte de sa victoire sur l'énigmatique Sphinge, Hoérra était remontée à bloc pour la suite des opérations.
Elle se sentait invincible et capable de tous les miracles.
C'était un sentiment nouveau pour l'enfant de onze ans qu'elle avait été.
Avant, elle était constamment en train de se remettre en question et de se dévaloriser, mais la jeune femme qui était à présent constituée d'Hoérra, Rachel et de bien d'autres, était vaillante et sûre d'elle.
Cependant, une petite voix psalmodiait : *rien n'est fait, le plus dur arrive. Vigilance !*
Grisée par ce sentiment naissant, Hoérra s'obstinait à faire la sourde oreille devant ces mises en garde.
C'est vrai ça, qui peut se vanter d'avoir vaincu la Sphinge ? Une fausse modestie serait mal venue tout de même !

Le reste du groupe ne partageait pas l'euphorie glorieuse de la jeune rouquine.

Tous avançaient d'un pas sec et vif, sans se départir de l'air soucieux qui plombait leur visage.

Même Anochi avait rejoint le parti du scepticisme, et seule Hoérra papillonnait de dune en dune.

— Vous avez vu comment je l'ai mouchée ? Elle était dèg, la blondasse !

Quelques "euhm" sourds sortirent du bec de Mister Trusty ou d'Anochi, mais Hoérra semblait ne pas s'en rendre compte.

À la fin du désert, Razi, Polias et Mister Trusty s'arrêtèrent et échangèrent au sujet de la direction à prendre.

Le gorfou pointa l'ouest :

— Il faut aller dans cette direction. Ordre d'Elden ! Il affirme que c'est le seul chemin qui reste inactif.

— C'était le cas il n'y a pas si longtemps encore. Mais, depuis que la famille d'Anochi a rejoint Zéhira, ils occupent cette partie du domaine sombre et personne ne peut passer inaperçu sur le territoire d'un Monokéros, grommela Razi en jetant un regard courroucé au pauvre Anochi.

— Alors, l'est. Si on gère correctement, c'est faisable, affirma Polias qui avait déjà repris sa route sans se soucier des autres participants à cette décision cruciale.

— Si tu veux y aller seule, oui c'est possible. Mais avec la bécasse qu'on se trimbale ! On va être repérés en deux deux, car je te rappelle que tu comptes longer le territoire des Sœurs Grises et des Gorgones, protesta à nouveau Razi.

Sans se soucier du fait qu'elle venait de se faire traiter d'idiote, Hoérra demanda :

— Et alors, elles n'ont qu'un œil pour trois les Grées, et les gorgones ne sont pas mieux ! Si on se cache, on passe crème, non ?

Excédé, Razi éclata :

— Les sœurs grises, comme les gorgones, sont toutes dépourvues d'yeux ! Ce petit détail fait d'elles des êtres dotés d'une extrême acuité auditive. Elles entendent un Sylphe à plusieurs kilomètres à la ronde. Les débilités que tu as lues dans tes bouquins chalariens ne te servent à rien ici ! Ce n'est pas parce que tu as réussi à attirer la curiosité de Brata'ry, ce qui nous a valu de frôler la mort au passage, que tu connais tous les êtres qui peuplent ce maudit monde Diplostien.

Maintenant, tais-toi une bonne fois pour toutes, et pars du principe que tu ne sais rien, imbécile !

Cette tirade cinglante eut le don de faire redescendre Hoérra de son petit nuage d'invulnérabilité.

Muette, elle laissa Razi reprendre la parole à l'intention du gorfou et de la gardienne :

— Le mieux, c'est au nord. C'est notre seul espoir, aussi mince soit-il. Espérons simplement qu'ils sont partis en nombre assez conséquent lorsque Zéhira leur a ordonné de travailler pour elle.

La proposition du gardien ne semblait ravir personne, mais aucun n'osa faire d'autres suggestions et tous s'en allèrent sombrement vers le nord.

Brusquement, le paysage changea pour devenir un relief montagneux noyé de gris foncé.

Le peu de végétation présente était noir cendre, donnant l'impression qu'un terrible incendie avait tout ravagé.

Seuls les cours d'eau livides prodiguaient un peu de vie à ce lugubre massif.

La luminosité était celle d'un pâle crépuscule hivernal qui semblait figé.

Au loin, Hoérra aperçut trois petits bâtiments.

Voyant que le groupe se dirigeait vers eux, elle décida de ne pas agacer Razi davantage et attendit patiemment de s'en approcher pour savoir comment trois blocs collés les uns aux autres s'étaient retrouvés au beau milieu de cette nature extrêmement sauvage.

Rapidement, elle eut sa réponse.

Ils s'arrêtèrent à la hauteur des bâtiments et tous prirent un air de recueillement.

Intriguée, Hoérra se plaça devant Anochi pour comprendre pourquoi ces édifices avaient retenu toute l'intention de ses compagnons de route.

Des tombes ! C'est quoi ce délire ?

Cela lui semblait totalement impossible que des corps reposent dans le Diploste. Cherchant des explications, elle se mit à lire, à voix haute, les inscriptions gravées sur les trois stèles faites d'agate :

1. <u>Σύναυλος Στύμφηλος</u>
   Sýnaulos Stymphelos *La douce*

2. <u>Εὐτολμία Στύμφηλος</u>
   Eutolmía Stymphelos *La courageuse*

3. <u>Κάλλος Στύμφηλος</u>
   Kállos Stymphelos *La beauté*

Dépitée, Hoérra se tourna vers Mister Trusty.
— Il s'agit des filles de Stymphalus et Ornis. Elles ont été sauvagement agressées par Hercule. Ces trois anges, à la beauté remarquable, ont refusé les avances du soi-disant héros. Elles l'ont payé de leur vie.
Sans détourner son regard des stèles, le gorfou poursuivit :
— Les êtres élémentaux ne meurent pas de vieillesse ni de mort naturelle, mais ils peuvent périr sous les assauts d'autrui. Nous ne sommes pas immortels, malheureusement, et lorsque nous sommes exterminés, il ne reste plus rien de nous. Le cycle du Diploste et du Chalari ne fonctionne pas sur notre peuplade.
C'est pour cela que ces tombes existent. C'est la seule façon d'apaiser, quelque peu, ce cruel deuil que subissent Stymphalus, Ornis et Parthénope.
En entendant le prénom de cette dernière, Polias sortit de sa contemplation.

Elle fouilla dans son sac pour en ressortir des myosotis blancs et bleus.

Elle les posa délicatement près des stèles :

— De la part de votre sœur. Elle ne vous oublie pas.

Sans se concerter, le groupe reprit sa marche dans une même énergie mêlant tristesse et opiniâtreté.

— Te souviens-tu du jour où tu as reçu la ceinture d'Hippolyte ? Nous avions parlé d'Hercule. Je t'avais dit qu'il n'avait pas tué les Oiseaux du lac Stymphale.

Les tombes que tu viens de voir sont celles de trois jeunes filles, si aériennes et gracieuses qu'on les appelait souvent les Oiseaux de Stymphale, du nom de leur père.

Hercule a donc assassiné ces Oiseaux-là. Mais pour toi qui n'as eu que la version de Zéhira, les Oiseaux du lac sont des bêtes aux plumes, becs et pattes, faits d'airain. Ils sont carnivores et assoiffés de sang.

Ces êtres existent et Hercule ne les a pas tués puisqu'ils sont de précieux alliés pour Zéhira.

Hoérra était sous le choc de ces nouvelles révélations.

À nouveau, malgré tout son savoir, elle se rendait compte qu'elle était ignare sur bien des choses.

Razi a raison, je ne suis qu'une imbécile.

Ressassant les derniers dires de son mentor, la jeune femme eut une révélation :

— Ne me dis pas qu'on va au lac ? On va devoir affronter ces monstres d'acier ?

Mister Trusty n'eut pas le temps de lui répondre, car ce qu'Hoérra avait sous les yeux lui suffisait pour comprendre.

Devant elle s'étalait, à perte de vue, un immense lac, rempli d'eau croupie.

Une odeur nauséabonde de putréfaction vint envahir ses narines sans qu'elle puisse s'en protéger.

Le ciel était bas et gris.

— C'est bon présage, ça. Pas un moineau en vue ! chuchota Razi.

Puis, observant Hoérra, il gronda :

— Et toi, reste bien entre Polias et moi et surtout, tu la fermes ! Je ne veux même pas entendre ton souffle. C'est clair ?

Hoérra opina d'un signe de tête et se positionna aussitôt derrière le bourru gardien.

Sans que cela soit formulé, une véritable carapace se forma autour de la jeune femme, car en plus des deux gardiens, le Monokéros s'était placé à la droite de la rouquine, avec Tsip en renfort, et Mister Trusty évoluait, sans un bruit, à sa gauche.

Hoérra avait l'impression d'être une reine entourée de ses gardes du corps. Si la situation n'avait pas été des plus graves, cela l'aurait beaucoup amusée. Mais pour l'heure, toute leur attention était focalisée sur ce plafond grisâtre qui semblait vouloir les écraser.

La jeune femme ne comprenait pas en quoi un ciel aussi menaçant était un bon présage pour Razi.

Il est quand même un peu cinglé, celui-là.
Cela faisait plusieurs heures qu'ils longeaient le lac sans que rien ne se passe de plus que l'agression olfactive provenant du liquide opaque et visqueux.
Las de contempler des cieux inexpressifs, Hoérra préféra observer le petit îlot qui trônait au milieu de ces eaux lugubres.
Anochi voulut rassurer son amie :
— On aura bientôt dépassé la zone critique. Courage !
Un "chut" retentit simultanément des bouches des deux gardiens, ainsi que du gorfou.
Aussitôt, un énorme arcus déferla sur le lac.
— Mais c'est pas vrai ! Tu pouvais pas la fermer ! J'espère que tu es prêt à en découdre maintenant, bougre de bouc ! grommela Razi qui déjà s'emparait de son épée.
Polias l'imita, tout en gardant ses positions.
Tsip était passée à la gauche d'Hoérra, lui bloquant ainsi la vue pour apercevoir Mister Trusty.
Une rafale vint s'enrouler autour d'eux.
Malgré le vent, Hoérra réussit à percevoir que le terrible nuage menaçant était, en vérité, une horde volatile.
Certains Oiseaux commencèrent à se détacher de la masse pour piquer droit sur le groupe qui tentait d'avancer.
La bourrasque se fit plus violente, créant alors une véritable tornade qui tenait Hoérra et ses protecteurs en son centre.
Le cyclone semblait se déplacer en même temps que ses captifs.

À l'abri dans l'œil, Hoérra continua de suivre Razi qui à présent courait.

Malgré la peur qui l'avait envahie, la jeune femme ne pouvait s'empêcher d'observer les Oiseaux cuivrés qui essayaient de pénétrer la forteresse venteuse.

Ce cyclone ne nous attaque pas, il nous défend des agressions aériennes.

Comme Hoérra diminuait un peu sa cadence, Polias hurla :
— Accélère, ça ne tiendra pas longtemps. Ces volatiles sont hargneux et puissants. La tornade va céder !

Prise de panique, Hoérra se mit à courir, dépassant même Razi.

Elle fut aux premières loges pour voir le colosse de vent s'écrouler.

Un calme lunaire s'installa quelques secondes avant que ne retentissent les cris stridents des Oiseaux.

Hoérra stoppa sa course et se retourna vers Razi.
— Derrière Polias, grouille !

Elle s'exécuta aussitôt.

La gardienne lui tendit l'égide d'Elden pour qu'elle se protège des assauts des plumes de bronze qui déjà commençaient à fendre l'air.

Privée de la vue, Hoérra n'entendait que l'impact des plumes qui ressemblait à des balles de revolver. Elle apercevait les jambes de Polias qui se déplaçaient habilement pour éviter les projectiles mortels.

Assez rapidement elle comprit, au son des métaux qui s'entrechoquaient, que les ennemis avaient décidé

d'attaquer encore plus violemment en fracassant leurs propres corps sur la lourde lame de la déesse de la guerre.
Hoérra entendit Polias s'exclamer :
— Ils sont trop nombreux. On n'y arrivera jamais !
Intriguée, elle leva un peu son bouclier pour constater, de ses yeux, la situation.
Polias est optimiste !
L'espace était envahi d'ombres rouges qui allaient et venaient avec une vivacité exceptionnelle.
Razi était noyé sous une nuée qu'il tentait de repousser tant bien que mal.
— Hoérra, tu dois jeter le boomerang ! s'écria-t-il.
La jeune femme pensa avoir mal entendu les propos du gardien.
De quoi il me parle ? Il croit que c'est le moment de jouer ? Et puis même si c'était le cas, j'ai pas de boome… mais si, bien sûr !
Hoérra glissa sa main dans sa besace et sentit aussitôt le contact râpeux du bois taillé en lame recourbée.
Triomphante, elle le brandit hors de son égide protectrice.
Alors qu'elle s'apprêtait à le lancer, Polias s'écria :
— Pas ici ! Il faut que tu sois plus haut pour qu'ils puissent le voir. Va sur l'îlot !
Elle est sérieuse ? Elle veut que j'aille, seule, nager dans ce liquide immonde en me faisant attaquer par ces volatiles de fer ?
— Tsip ! hurla Razi.

Sans qu'elle puisse agir, Hoérra sentit le puissant Cerbère la projeter dans les airs pour finalement atterrir sur son robuste dos.

Toujours à l'abri sous son bouclier, Hoérra chevauchait, à présent, l'énorme chien à trois têtes.

Consciente que la bête pouvait être aussi une proie pour ces monstres ailés, elle tenta de protéger, le plus possible, sa monture.

Rapidement, le contact de l'eau croupie se fit ressentir au niveau de ses chaussures, allant aussitôt jusqu'à sa taille.

N'ayant pas pied, Tsip s'était mise à nager avec vigueur.

Hoérra ne reconnaissait pas son chien d'habitude si doux et docile.

Le Cerbère s'était transformé en une implacable arme de guerre.

Alors qu'elle voyait l'îlot se rapprocher, Hoérra sentit Tsip se raidir.

— Ça va, ma belle ?

Des jappements de douleur s'échappèrent des trois gueules.

En observant autour d'eux, elle vit qu'une traînée rouge les entourait.

— Tu es touchée, Tsip ?

Le Cerbère peinait à avancer et Hoérra sentait bien que son poids, sur le dos de la bête, devenait trop lourd pour elle à présent.

Sans réfléchir, elle sauta dans l'eau, laissant le bouclier sur le garrot de la blessée.

Boomerang entre les dents, elle se mit à nager le crawl en ignorant son environnement.

Son seul but : rejoindre l'îlot.

Régulièrement, des ailes de bronze la frôlaient, tailladant légèrement ses bras ou ses jambes.

Elle toucha la terre ferme sans s'en rendre compte.

Pour éviter d'attirer l'attention sur elle, elle resta allongée et rampa vers le sommet de l'îlot.

Visiblement, cette ruse fit son effet, car aucun Oiseau ne piqua sur elle.

Arrivée en haut, elle fut bien obligée de se lever pour lancer au plus haut le boomerang.

Je ne sais même pas pourquoi je dois faire ça ! S'il ne se passe rien, je suis morte dans les minutes qui suivent, car, une fois debout, je serai une cible de choix pour ces Oiseaux de malheur.

Avant d'agir, elle jeta un coup d'œil autour d'elle.

Tsip était revenue sur le rivage et restait allongée, en boule, sous l'égide d'Elden. Razi et Polias étaient tellement envahis par les nuées volatiles qu'elle peinait à deviner leur silhouette.

Aucune trace d'Anochi et de Mister Trusty.

Le constat était sans appel, elle devait intervenir, car la cause était déjà perdue.

Je vais opter pour la méthode du sparadrap... un coup sec !

Telle un ressort, elle se déplia, retira le boomerang de sa bouche et le jeta avec une force décuplée par la peur.

Concentrée, elle attendit que l'objet revienne à elle.

Une fois la lame de retour dans ses mains, elle s'accroupit à nouveau, priant qu'aucun Oiseau n'ait eu le temps de la voir.

Rapidement, elle comprit que ses plans étaient beaucoup trop optimistes, car non seulement le fait de lancer le boomerang ne l'avait pas sauvée, mais en plus, ses agissements avaient permis à l'ennemi de la localiser.

Les hurlements de la nuée qui se dirigeait vers elle lui glacèrent le sang.

Consciente de son impuissance, elle se recroquevilla un peu plus attendant la douleur avec crainte.

Un premier pincement se fit ressentir sur son dos, puis très vite un deuxième, plus fort, la fit hurler.

Une troisième attaque la força à se relever pour essayer de fuir l'inévitable.

Soudain, les Oiseaux qui piquaient pour lui assener le coup fatal dévièrent nerveusement, comme pour esquiver quelque chose.

Hoérra sentit qu'elle était entourée d'une lumière dorée.

En levant la tête, elle découvrit qu'un rayon lumineux perçait l'énorme nuage pour mourir sur l'îlot.

Des craillements, des glapissements, des jacassements et des croassements retentirent énergiquement.

Aussitôt, une colossale masse sombre fonça sur Hoérra et de puissantes serres agrippèrent ses frêles épaules.

La jeune femme quitta immédiatement le sol pour revenir, en quelques battements d'ailes, sur le rivage près de Razi.

La masse sombre se plaça face à elle pour qu'elle puisse reconnaître son sauveur :

— Simorgh ! Que faites-vous ici ? s'exclama Hoérra.

— Tu m'as appelé, jeune serpent tortillant ! Mais je dois y retourner, les miens ont besoin de moi, répondit avec douceur le sage.

Alors qu'il déployait ses ailes, il stoppa net son geste et poussa un cri de douleur.

Foudroyé, l'animal s'effondra au sol gisant ainsi, inanimé.

Une énorme plume de bronze transperçait son corps.

Sous le choc, Hoérra hurla, attirant l'attention de Razi qui ne put que constater la mort de leur précieux allié :

— Il faut s'en aller, Hoérra ! Les Oiseaux prennent le relais pour que nous puissions continuer notre route. Sauve-toi ! Dépêche-toi !

Mais la jeune femme restait tétanisée, les yeux rivés sur ce corps inerte qui s'était adressé à elle quelques secondes auparavant.

Son sauveur gisait à ses pieds, et tout autour d'elle des charognards, des grues, des flamants roses, des faisans, des toucans, des perruches, des paons, des phénix et des Oiseaux de feu livraient un combat sanglant, causant des pertes dans les deux camps.

Hoérra aperçut Garuda, Hugin et Munin, et même Māti. Tous se battaient avec acharnement.

— Tu m'entends, Hoérra ? Rachel ? Ou peu importe qui d'autre, mais il faut réagir, là ! s'écria Razi.

Mais Hoérra restait tétanisée.

Comprenant qu'il lui en demandait trop, il s'empara d'elle telle un sac et la plaça sur son épaule.

Il se mit à courir, chargé du corps de la jeune femme qui ballottait au rythme de la vive foulée du gardien.

Hoérra observa la scène de tuerie qui devenait de plus en plus lointaine.

Longtemps, Razi continua sa course folle dans une forêt dense.

Une fois certain d'être seul, il s'arrêta et se délesta du poids mort qu'était Hoérra.

— Ouf ! C'était moins une ! souffla Razi.

Mais Hoérra avait le regard dans le vague.

Il vérifia qu'elle n'avait pas de blessures graves et constata qu'il ne s'agissait que d'éraflures superficielles :

— On a de la chance ! Si on avait cassé sa petite Hoérra, Abgar aurait vu rouge !

La tentative d'humour n'eut aucun effet sur Hoérra.

Elle resta prostrée sans qu'aucune expression ne vienne animer son visage.

Jamais de sa vie elle n'avait vu pareille horreur. Elle revivait en boucle les scènes de massacre qui s'étaient jouées devant elle.

Ces monstres volants, à l'aspect de machines ferreuses, avaient foncé sans hésitation sur ces pauvres corps, qui avaient pour seule armure leurs magnifiques plumes chamarrées.

Elle revoyait inlassablement les chairs s'ouvrir en deux sous le choc brutal des becs de cuivre, le sang s'en expulser avec violence.

Il pleuvait des Oiseaux, qui semblaient comme foudroyés par des éclairs invisibles.

Hoérra ne comprenait pas comment un corps pouvait cesser de vivre aussi rapidement.

Et au milieu de tout ce sang, de tous ces hurlements : un regard, celui de Simorgh. Rempli d'amour et de sagesse, il s'était instantanément vidé de toute émotion.

Simorgh n'était plus bonté, compassion, ni même haine.

Il était un tas de chair et de plumes qui allait sûrement être désintégré par ses ennemis.

J'ai tué Simorgh. Je les ai tous envoyés droit à la mort. Ils ont été exterminés par ma faute. Qu'ai-je fait ?

Soudain, un torrent de larmes s'abattit sur ses joues.

Elle n'entendait rien et ne percevait guère son entourage.

Elle avait la sensation qu'une main était entrée dans son thorax et lui avait arraché le cœur. Elle ressentait un immense vide là où battait habituellement cet organe.

Elle fut incapable de dire le temps qu'elle avait passé ainsi prostrée, mais le contact d'une truffe humide sur sa jambe la fit sursauter.

— Tsip !

Les six yeux remplis d'amour du Cerbère la fixaient avec inquiétude.

— Tu te fais de la bile pour moi ? Mais c'est moi qui devrais me soucier de toi ! s'exclama Hoérra.

Faisant le tour de la bête, la jeune femme remarqua que son flanc droit était luisant. Elle passa la main et constata avec amertume qu'il s'agissait bien de sang. Mais il était impossible de voir par où le précieux liquide s'était échappé.

Pas une plaie, pas même une égratignure !

Tsip remua la queue et pencha ses trois têtes sur le côté, montrant qu'elle ne comprenait pas l'inquiétude de son amie.

— Tu pensais que sa seule excentricité était ses trois gueules ? Tsip guérit extrêmement vite, et sans l'aide de personne. Elle a grand cœur, mais elle reste un Cerbère pour autant ! expliqua Razi.

Le ton du gardien s'était adouci.

Ahurie, Hoérra découvrit son environnement.

Ils étaient dans une forêt qui lui fit penser à celle qu'elle avait traversée en entrant dans le Chalari, à la différence que toutes les couleurs étaient sombres.

Malgré la semi-obscurité ambiante, elle put voir que Razi était lacéré de toutes parts et elle fit le même constat pour Polias.

Tous deux étaient adossés à un tronc d'arbre et paraissaient, pour la première fois, affaiblis.

Mister Trusty et Anochi semblaient en forme, et seules quelques égratignures et la corne du Monokéros tachée de sang faisaient dire qu'eux aussi avaient été au combat.

D'ailleurs, ils s'occupaient habilement de soigner les deux gardiens harassés.

— Et les Oiseaux ! Il faut les aider ! On doit y retourner, tout est de ma faute, c'est moi qui les ai appelés. Ils sont morts par ma faute !

Hoérra s'effondra à nouveau et ce fut la voix douce de Mister Trusty qui tenta d'expliquer :

— Ils sont venus nous sauver d'une fin certaine. Ils savaient que si nous tombions maintenant, c'était l'anéantissement de tout. Ce n'est plus qu'une question de temps. Si nous échouons, Hoérra, nous aurons encore bien plus de morts sur la conscience, crois-moi. Le noble peuple de Garuda le savait, et ils ont choisi de nous aider à sauver ce qui pourra l'être, au détriment de leur existence.

Souviens-toi de ce peuple comme d'un peuple intelligent, bienveillant et altruiste.

Si nous parvenons à nos fins, ce sera grâce à leur sacrifice.

Sans attendre de réponse, il retourna près de Polias pour panser ses plaies.

— Oh ! Allez, c'est bon ! On va pas y passer la nuit, non plus ! Je vais bien, je te dis, on y va ou on papote autour d'un thé ? s'énerva Polias.

Debout, elle rangeait son épée devant un Mister Trusty quelque peu ennuyé :

— Mais tu n'es pas encore assez remise, Polias !

— Et tu crois qu'elle en a quelque chose à faire de ça, Zéhira ? Allez ! Zou, on bouge !

Alors qu'elle s'élançait, un cri strident retentit dans la moiteur de la sombre jungle.

" whee-whee-whee "

— Māti ! Ma toute belle ! s'exclama la gardienne, larmes aux yeux.

La Harpie féroce se posa avec douceur sur l'épaule ensanglantée de sa maîtresse.

— Tu as réussi ! Note que je n'en ai jamais douté, mais je te remercie d'être venue pour me le dire. Allez ! Ma toute belle, le mont Olympe a besoin de toi. À très vite.

Māti fit retentir un dernier "whee-whee-whee" et s'envola pour disparaître pratiquement instantanément.

Polias essuya discrètement ses larmes sous le regard interloqué de ses compères :

— Bah quoi ! J'ai dû recevoir un peu de ferraille de ces maudites volailles dans l'œil, pas de quoi faire une histoire. On bouge, oui ou…

CHAPITRE V

L'impétueux couple

— Mais pourquoi on doit rentrer là-dedans ? demanda Hoérra.

À la suite des récents événements, la jeune femme était extrêmement méfiante, voire craintive.

Le trajet était devenu un véritable calvaire pour ses compères d'aventure, car Hoérra ne cessait de sursauter, d'hurler ou même de se pétrifier dès le moindre bruissement de feuille.

Laborieusement, ils avaient réussi à la mener devant l'entrée de la grotte qu'ils devaient emprunter pour continuer leur chemin.

— On va jamais s'en sortir si elle fait ça toutes les deux minutes ! grommela Razi.

Anochi s'approcha d'Hoérra :

— Je sais que vous avez eu le choc de votre vie près de ce maudit lac. Pour être tout à fait honnête, moi non plus, je n'étais pas préparé à vivre une scène aussi sanguinaire… Mais avons-nous le choix, Hoérra ? Nous sommes des êtres qui venons de démarrer notre histoire et si nous ne faisons rien, elle va se terminer beaucoup plus vite que prévu. Je dois exister encore des milliers d'années et vous, vous devez faire également de nombreux cycles Diploste-Chalari. Si ce monstre de Zéhira parvient à mettre son plan à exécution, je vais être anéanti prématurément, mais cela m'importe peu. Alors que vous… vous, ma chère, qui avez davantage d'événements à vivre, sous diverses destinées, vous aussi serez atomisée… et cela, je ne peux le concevoir.

Je vous en conjure, faites appel à toutes vos forces nécessaires. Évoquez vos souffrances antérieures, mais surtout vos joies. Souvenez-vous qu'il y a encore de belles choses à sauver.

Hoérra observait le Monokéros se débattre seul pour la secouer.

Elle aurait aimé lui dire qu'elle était là, présente, et prête à se battre jusqu'à la fin, mais elle n'y arrivait pas.

Elle avait l'impression que son âme était morte en même temps que Simorgh.

— On va quand même pas y passer la journée, si ? maugréa Polias en s'élançant vers la jeune femme qui resta de marbre lorsque la gardienne colla, à quelques centimètres, son visage près du sien.

Tous s'attendaient à ce que la déesse de la guerre s'époumone sur ce pauvre corps inerte, mais étonnamment, elle se mit à chuchoter.

Hoérra ouvrit grands les yeux, car les mots qui sortaient de la bouche de Polias n'appartenaient pas à une langue moderne.

Sans comprendre ce qu'elle disait, la jeune femme sentait que ces phrases lui étaient tout de même destinées.

Elle s'adresse à l'une de mes vies antérieures.

Mais à qui pense-t-elle parler ? Et pourquoi cette existence ne se dévoile pas ?

Tu peux venir, je ne te ferai aucun mal.

Hoérra écoutait religieusement les sons que prononçait Polias.

Ils semblaient paisibles et réconfortants.

La gardienne s'exprimait avec une douceur et une bienveillance toutes nouvelles.

Soudain, un mot fit sortir la jeune femme de sa torpeur : "paidíon".[11]

Polias s'en rendit compte et esquissa un rictus de satisfaction :

— C'est ok ? Tu es avec nous ?

La jeune femme opina de la tête et s'engouffra dans la grotte sans un regard pour le reste du groupe, sidéré par le tour de passe-passe de la gardienne.

---

[11] Enfants en grec ancien.

Le début du boyau était sombre et humide, mais rapidement une lueur froide se mit à envahir le tunnel qui petit à petit changea sa boue en glace.

Au bout de plusieurs heures de marche, le passage obscur et terreux laissa place à une cathédrale faite de cristaux gelés.

Lorsqu'ils furent arrivés au bout de leur excursion sous terre, Hoérra s'attendait à découvrir un paysage digne des plus belles banquises arctiques.

Mais, la fin de ce tube sibérien marquait l'apparition d'un lieu semblable à un fjord norvégien.

Une grande étendue d'eau s'étalait calmement jusqu'à un ponton menant à une petite cabane rouge et blanche. D'immenses montagnes noires entouraient cet îlot de paix.

— On n'est plus dans la zone sombre ? demanda Hoérra, interloquée par le contraste avec les sites passés.

— Oui et non. Il n'y a pas si longtemps encore, ce lieu était un domaine clair du Chalari. Mais le sombre s'en empare doucement, mais sûrement, grommela Razi qui s'était accroupi pour prendre dans ses mains une plante carbonisée.

Effectivement, en observant mieux, la jeune femme s'aperçut que l'endroit était en train de se mourir.

Pour éviter de s'effondrer, elle préféra se concentrer sur le but de ce trajet :

— Que fait-on ici ?

Mister Trusty déroula son rouleau et une fumée blanche s'en échappa.

Ravi, il soupira :

— Ici, ça fonctionne encore !

Ce qui s'apparentait au début à une vapeur blanche devint assez vite un épais cumulus qui se transforma rapidement en un énorme cumulonimbus.

Le phénomène se déplaça vers l'étendue d'eau qui restait impassible malgré l'étrange manifestation.

Une fois que toute la tache laiteuse fut au milieu du fjord, elle s'étira en longueur ressemblant à de légers stratus s'effilochant vers le ciel.

Une forme commença à se dessiner.

Hoérra se mit alors à penser que son imagination lui jouait des tours.

Elle songea à toutes les heures passées dans le Diploste à regarder les nuages en leur donnant systématiquement une signification.

C'est marrant, on dirait un bateau !

Très vite, l'illusion se transforma en réalité puisque l'embarcation cotonneuse devint un véritable drakkar long d'une vingtaine de mètres.

Se posant délicatement sur l'eau sans faire le moindre remous, il se dirigea paisiblement vers le groupe qui attendait sur le rivage.

En observant la voile de lin ondulant sur son mât haut de douze mètres et l'imposante figure de proue en forme de spirale, Hoérra eut une révélation :

— Ne me dis pas que c'est le Skidbladnir ?

— Lui-même ! répondit fièrement le gorfou qui déjà embarquait sur le mythique drakkar.

Étonné, Anochi lui demanda :

— Comment l'avez-vous reconnu ?

Ravie de pouvoir échanger sur son savoir qui, pour une fois, était en accord avec la vérité chalarienne, Hoérra expliqua :

— Il est vrai qu'il n'y a pas trop de description de ce vaisseau, mais j'ai lu qu'il a la particularité de pouvoir naviguer sur terre comme sur mer, ainsi que d'être démontable pour tenir dans une poche, ou un rouleau pour le coup.

Alors qu'elle allait à son tour embarquer, elle se ravisa :

— Il est dit aussi que cet immense bateau accueille tous les dieux. Je ne suis pas une déesse, je ne peux pas monter dedans.

Polias passa devant elle en lui tapant dans le dos :

— Et moi, tu crois que j'suis une divinité peut-être ?

En sautant pieds joints dans l'embarcation, elle se retourna en lui faisant un clin d'œil.

Voyant que tout le monde avait pris place à bord, Monokéros, Cerbère et gorfou compris, elle se décida à passer le cap, elle aussi.

Poussé par une bourrasque, le drakkar s'élança avec puissance vers l'immensité du fjord.

Tout en observant les boucliers qui ornaient la coque d'érable, Hoérra demanda :

— Au fait, on va où comme ça ?

Sans se préoccuper de l'état dans lequel sa réponse allait mettre la jeune fille, Razi, qui tenait la barre, s'exclama puissamment :

— Cap vers le triangle des Bermudes, ma chère !

— Mais c'est pas dans le Diploste cet endroit normalement ?

Une fois n'est pas coutume, ce fut Polias qui prit le temps de lui expliquer :

— Il y a quelques endroits qui sont dans les deux mondes en même temps. Ce sont des passages, mais ça, Elden te l'a déjà enseigné.

Le triangle des Bermudes est un passage qui sert, depuis bien longtemps, à l'ennemi. Ils s'amusent à précipiter des innocents dedans, et après ils les gardent pour eux. On ne sait pas du tout ce qu'ils font de ces pauvres malheureux. Mais ce n'est pas le seul passage qui ait été transformé de la sorte.

T'as déjà entendu parler de la porte de Pluton en Turquie ?

— Oui ! On l'appelle aussi la porte des enfers. C'est un ancien temple. Les hommes y faisaient des sacrifices d'animaux, parce que des vapeurs toxiques s'en dégageaient naturellement. D'ailleurs, c'est toujours le cas, car il paraît qu'à certaines heures, même les humains ne peuvent pas y aller sans protection, sans se mettre en danger de mort. C'est un des endroits les plus dangereux de la planète.

— Ouais, ben ça, c'est le passage de Zéhira, ma vieille !

Ahurie par toutes ces révélations, Hoérra se cala à la proue du bateau et tenta de profiter de l'instant de quiétude que lui offrait l'océan.

Le froid sec et glacial laissa place petit à petit à une température clémente.

Hoérra retrouva le cycle de nuits et de jours, ce qui lui donna envie de renouer avec ses habitudes diplostiennes.

Lorsque l'obscurité arrivait, elle s'emparait d'un sac de cuir et se glissait dedans. Cachée sous une bâche, elle écoulait ses moments nocturnes à rêvasser en repensant à ses parents et à Sam.

Ils lui manquaient terriblement et le galet que lui avait offert Mister Trusty ne fonctionnait pas dans la zone sombre.

Alors, elle passait son temps à plier et déplier la seule et unique photo qu'elle avait prise de sa vie d'avant.

Elle resta aussi plusieurs journées à l'abri sous sa bâche, car ce qui avait été, au début, un paisible fjord, s'était métamorphosé en un océan déchaîné qui semblait fou à l'idée d'avoir un drakkar qui se promenait sur son dos.

Ces tempêtes, qui apeuraient énormément Hoérra, rendaient Razi hilare. Elle l'entendait hurler au royaume de Neptune :

— Continue, allez plus fort que ça !

Parfois, il allait jusqu'à demander :

— T'es au maximum, là ? insinuant ainsi que cette violence inouïe ressemblait à un caprice d'enfant.

Ce qui semblait fou à Hoérra, c'est qu'à chaque fois que le gardien provoquait l'onde amère, celle-ci redoublait de vagues scélérates.

Miraculeusement, ce jeu dangereux cessa au bout de plusieurs jours et nuits.

Sans qu'elle ne comprenne pourquoi, un calme olympien régnait dans les eaux, mais également sur le drakkar.

L'océan démonté était devenu aussi lisse qu'une mer d'huile.

En sortant de sa bâche, Hoérra découvrit que toute l'équipe lui faisait signe de se taire.

Personne ne bougeait et tous regardaient le bout de terre loin à l'horizon.

Rassurée de savoir qu'ils avaient passé le triangle des Bermudes sans trop d'encombres, la jeune femme profita de ce moment de quiétude avant de regagner la terre ferme. Elle se sentait toujours apaisée lorsqu'elle était entourée d'eau. Instinctivement, elle se pencha un peu plus sur les boucliers pour voir la lumière du soleil s'infiltrer au plus profond de l'étendue bleu azur.

Soudain, un éclat acier attira son attention. D'abord surprise, elle se ravisa en se rappelant qu'après tout, ils étaient au beau milieu de l'océan.

Rien de plus normal que de voir des poissons, finalement.

Curieuse de savoir de quelle espèce il pouvait s'agir, elle scruta avec insistance les fonds marins.

Le fin liseré gris était toujours là, ondulant le long du drakkar.

C'est trop mignon, il nous suit. Ça doit être une petite Athérine.

Totalement hypnotisée par le ballet aquatique qui se jouait à côté d'elle, Hoérra ne se rendit pas compte que rapidement le solitaire fut entouré de ses compères.

Captivée par cette nuée d'acier, Hoérra observait cette vision qui lui semblait poétique.

Une légère éclaboussure du sillage du bateau lui fit reprendre conscience de ce qui était en train de se tramer sous ses pieds.

Le petit poisson, nageant tranquillement au fond de l'eau, s'était transformé en un immense banc qui ne cessait de remonter à la surface.

Rapidement, Hoérra comprit que ce qu'elle avait pris pour une sorte de sardine mesurant une dizaine de centimètres était en fait un redoutable banc de squales longs de plus de deux mètres !

Lorsqu'ils furent à quelques mètres d'elle, Hoérra poussa un hurlement en voyant que leurs branchies étaient aussi rouges que du sang.

Polias se précipita auprès de la jeune femme :

— Des requins frangés, on est foutus, ils nous ont repérés !

À ces mots, Razi donna un grand coup sur la barre, ce qui eut pour effet de faire virer l'appareil à l'opposé des poissons d'acier.

Comme pour se rassurer, Hoérra désigna la terre qui s'était rapprochée :

— Regardez ! La terre est juste là, on est sauvés !

— Ah non, ça, c'est Haf, baby ! Ou si tu préfères, son nom entier c'est Hafgufa, s'écria Polias qui déjà courait à la proue du bateau, épée à la main.

À ces mots, Hoérra fut terrifiée.

Elle se rappela, bien sûr, les récits mythologiques qui traitaient d'Hafgufa. Cet être qui ressemblait, à la surface, à une île longue de seize kilomètres, était en réalité un monstre, dans la partie immergée.

Elle se souvint, au mot près, de la description : *il possède un corps allongé, presque serpentin, de grandes nageoires pectorales en éventail. Avec des yeux rapprochés d'un museau qui peut évoquer celui d'un chat, sa tête est joufflue, ses lèvres épaisses et nettement marquées. Il est pourvu de puissantes canines, nombreuses et proéminentes, au bout de la mandibule et sur le prémaxillaire, ainsi que de molaires implantées dans son palais... C'est probablement cet aspect un peu effrayant qui lui a valu d'être surnommé le "mangeur de bottes" par les pêcheurs des îles de la Madeleine. Sa couleur : un bleu ardoise pouvant aller jusqu'au vert olive. Les deux tiers du corps sont généralement rayés d'au moins dix bandes transversales foncées, plus ou moins définies.*

Elle frissonna en pensant que le plus dangereux dans l'histoire n'était pas cette créature monstrueuse, mais sa chérie : Lyngbakr.

Visiblement, ils n'en parlent pas. C'est que mes récits sont encore faux et pour une fois, c'est tant mieux !

Soulagée, elle se détendit avant de percevoir que la surface de l'eau, jusqu'ici lisse, commençait à se troubler pour former un léger tourbillon.

Maintenant fermement sa barre, Razi s'écria :

— Tiens, voilà sa chère et tendre ! Dis bonjour à Lyn, Hoérra !

On est morts !

Accrochée aux boucliers, aux côtés d'Anochi et de Tsip, la jeune femme ne pouvait s'empêcher de scruter le vortex qui s'agrandissait à vue d'œil.

Rapidement, elle aperçut une masse sombre et rouge apparaître dans les fonds marins et foncer droit sur le drakkar.

Tétanisée par la peur, Hoérra ne parvenait pas à reculer.

De toute manière, j'irai où ? Le bateau ne fait pas plus de cinq mètres de large.

Fataliste, elle regarda l'ennemie s'approcher avec une vitesse exponentielle.

En un éclair, elle la vit jaillir de l'eau.

En l'observant bondir ainsi, Hoérra comprit pourquoi certains marins l'avaient nommée le diable rouge.

Ce Kraken, au buste et à la tête de femme, avait d'énormes tentacules visqueux.

Chacun était muni de ventouses bordées de petites dents acérées, qui se terminaient par d'immenses crochets tranchants.

Ce fut d'ailleurs ces mêmes crochets qui s'emparèrent des rebords de la coque du drakkar.

Sous l'impulsion de la bête, l'embarcation se mit à rouler, projetant ses occupants contre la paroi qui touchait l'océan. Soudain, une énorme rafale s'engouffra dans la voile, redressant aussitôt le bateau.

Agacée de constater que ses prisonniers lui résistaient, Lyn propulsa un gigantesque jet d'encre en direction d'Hoérra. Profitant de l'aveuglement de ses proies, elle tendit ses crochets.

Un hurlement canin retentit dans l'obscurité.

— Tsip !

L'encre commençant à se dissiper, Hoérra découvrit le Cerbère inerte, couché dans son sang.

Le bateau tanguait violemment sous les coups du Kraken, mais inexplicablement, le vent maintenait l'équilibre pour éviter que l'embarcation ne sombre définitivement dans les profondeurs abyssales.

À la poupe, Razi tentait tant bien que mal de trancher quelques tentacules et Polias s'attelait à la même tâche à la proue.

Même s'ils parvenaient à faire couler un peu du sang bleu du monstre, il était évident que les attaques des deux gardiens produisaient très peu d'effet sur Lyn.

Comprenant qu'il fallait agir, Hoérra chercha Mister Trusty, mais celui-ci était introuvable.

Mais où est-il ? Il ne se cache quand même pas alors que Tsip est mal en point et que c'est bientôt notre tour !

Son regard croisa celui d'Anochi qui semblait aussi perdu qu'elle.

Instinctivement, elle mit la main dans sa besace. Mais avant même de savoir ce qu'elle avait saisi, un énorme fracas retentit.

Le drakkar bascula à la verticale et Hoérra fut à nouveau projetée contre la paroi.

Elle se rendit compte qu'Anochi, à cause de ses sabots glissant sur le bois du bateau, ne parvenait pas à se tenir aussi bien qu'elle.

Sans réfléchir, elle lâcha l'objet qui provenait de son sac et attrapa le Monokéros, qui allait passer par-dessus bord.

Hoérra entendit l'objet qu'elle venait de jeter, tomber dans le vortex sous-marin créé par Lyn. Désespérée, Hoérra comprit qu'en sauvant son ami de la noyade, elle venait de tous les condamner à une mort certaine. Car même si elle n'avait pas vu de quel objet il s'agissait, elle avait saisi que sa besace lui procurait systématiquement l'aide nécessaire pour résoudre son problème.

Le drakkar basculait de plus en plus. Le vent était en train de s'affaiblir et le Kraken gagnait du terrain.

Un rapide coup d'œil vers les gardiens lui fit comprendre que la situation n'était pas meilleure pour eux.

Les tentacules se déplaçaient encore avec force et virulence tandis que Polias et Razi devenaient plus lents et mous.

Seules quelques gouttes de sang bleu suintaient des appendices du monstre, alors que les gardiens étaient profondément entaillés.

On est morts ! Et Mister Trusty qui se cache, il me déçoit tellement !

Soudain, un grondement venu des eaux se fit entendre.

Hoérra passa la tête au-dessus des boucliers pour comprendre ce qui était en train de se produire.

Son regard croisa celui de Lyn.

La jeune femme fut surprise de constater que le Kraken avait un visage ravissant, mais ce qui étonna le plus Hoérra, ce fut de voir la stupéfaction sur ce même visage.

Toutes deux scrutèrent les eaux qui les entouraient.

Une énorme pression montait vers Lyn à une vitesse dévastatrice.

Rapidement, Lyn fut projetée par un gigantesque tsunami qui ne toucha pas l'embarcation.

Lorsque la lame de fond disparut, l'océan était à nouveau calme.

Il n'y avait plus une seule trace des requins frangés et encore moins de Lyn et Haf.

Abasourdie, Hoérra demanda :

— Quelqu'un peut m'expliquer ?

Polias, totalement essoufflée, rangea son arme :

— Tu as sorti l'objet que les sirènes ont donné.

Voyant l'incompréhension dans les yeux de la jeune fille, la gardienne précisa :

— La hache à tsunami, bécasse ! T'imagines bien qu'on n'a pas sillonné tout le monde des Margygrs pour un simple bout de bois et une pierre ! Cet artefact, au contact de l'eau, a le pouvoir de déclencher de redoutables tsunamis sans pour autant toucher la personne qui le détenait.

Finalement, Abgar a peut-être raison, tu es la femme de la situation.

— Si c'était le cas, Tsip ne serait pas entre la vie et la mort, grogna Razi qui s'était agenouillé près du Cerbère inerte.

— Mais, tu m'as dit qu'elle était immortelle ?

— Non, je t'ai dit qu'elle guérissait seule de ses blessures, sauf si elles sont mortelles, chuchota le gardien qui ne quittait pas son amie à trois têtes.

Les yeux trempés de larmes de rage, Hoérra se tourna vers Mister Trusty qui avait miraculeusement refait surface.

— Et toi ! Tu étais où pendant que Tsip donnait sa vie pour moi ? C'était ton rôle à toi de me défendre, pas celui de Tsip ! Tu as promis à Elden de tout faire pour me protéger, mais dès que le danger arrive, tu te caches ! Si Elden savait ! Je me suis tellement trompée sur toi. Je préfère encore ce grincheux de Razi, au moins lui, il ne se fait pas passer pour ce qu'il n'est pas !

Furieuse, elle partit à la proue du drakkar, sans laisser le temps au gorfou de lui répondre.

La fin du trajet se déroula dans une ambiance tendue.

Personne n'osa parler et toutes les attentions allaient vers Tsip qui se battait pour rester en vie. Son combat contre la mort dura plusieurs jours, mais lorsque la terre ferme apparut, le Cerbère avait gagné.

Une fois sur le rivage, Tsip put débarquer sans l'aide de Razi.

— On va quand même être contraint de faire des haltes régulières. Il faut qu'elle reprenne toutes ses forces… c'est impératif pour la suite des opérations, annonça Razi.

Sans un mot, le groupe s'éloigna pendant que Mister Trusty transformait le Skidbladnir en nuage, puis en fumée.

La fine brume s'engouffra dans le rouleau du gorfou.

En passant devant lui, Hoérra marmonna :

— Au moins, tu auras servi à ça.

C'est l'âme en peine que Mister Trusty suivit de loin le groupe qui déjà s'engouffrait dans une jungle sombre et épaisse.

CHAPITRE VI

Mister Viridus

L'atmosphère dans le groupe était pesante.
Hoérra marchait devant et Mister Trusty fermait la procession.
Régulièrement, Polias et Razi s'entretenaient à voix basse avec le gorfou.
— Oh, ils commencent à m'agacer, ceux-là, à faire de la lèche à ce pingouin de malheur ! Regarde-le, ce Razi ! Tout mielleux, on dirait qu'il a déjà oublié que Tsip a frôlé la mort à cause de "Mister pleutre", grognait la jeune femme à l'intention d'Anochi qui écoutait les plaintes de son amie sans lui donner raison ou tort.
Agacée de voir que le Monokéros ne la soutenait pas, elle s'exclama :
— Et toi, tu ne dis rien ! Tu penses comme moi ou comme eux ?
Penaud, Anochi tenta de désamorcer la colère qui pointait chez Hoérra :

— Vous savez que je tiens à vous. J'apprécie aussi Mister Trusty. Il est dommage que vous ne lui ayez pas laissé la possibilité d'expliquer ses absences lors de nos combats. Il a sûrement une très bonne raison…
Excédée, la jeune femme éclata :
— Une très bonne raison ? Une très bonne raison, dis-tu ? Je ne vois vraiment pas ce qui peut justifier de se sauver dès que le danger arrive en abandonnant ses compères ! Pire ! En laissant seule une personne sans défense qu'il a juré de protéger au péril de sa vie ! Mes parents, eux, ils auraient tout donné pour que…
Les larmes commençaient à envahir les yeux d'Hoérra. Elle tenta de reprendre contenance :
— Bref, tu es avec moi, oui ou non ?
Comme Anochi refusait de choisir un camp, elle affirma :
— Bien ! Si tu n'es pas contre eux, tu n'es pas avec moi. Nous n'avons plus rien à nous dire.
— Hoérra, je vous en prie !
Mais déjà, la jeune femme accélérait le pas pour distancer le Monokéros de plusieurs mètres.
Loin derrière, Polias était en grande discussion avec Mister Trusty :
— Mais bon sang, tu attends quoi pour lui dire ? Tu vois bien qu'elle souffre. Je ne supporte pas ça et je suis sûre que tu es comme moi. La pauvre gamine ! Finalement, moi j'l'aime bien cette gosse. Allez, va lui parler !

Mutique, le gorfou refusait de répondre, mais c'était sans compter sur une Polias obstinée qui ne cesserait de le harceler jusqu'à ce qu'elle obtienne ce qu'elle voulait.

À bout, Mister Trusty déclara :

— Je ne souhaite pas lui dire la vérité, car je ne la sens pas prête.

Je l'ai déjà perdue une fois et je ne peux pas prendre de risque. Et figure-toi que moi aussi je l'aime bien cette Hoérra, car il y a en elle bien évidemment l'être qui nous est cher, mais avec un je ne sais quoi de plus.

Le gorfou sourit à la gardienne qui lui répondit par un regard rempli de complicité.

— Mais, n'insiste pas, je ne lui dirai rien !

— Rho ! Rabat-joie, va !

Hoérra comprit qu'ils allaient traverser une zone de turbulences lorsqu'elle vit Razi et Tsip reprendre la tête de l'excursion.

À quelques mètres d'un marécage, ils s'immobilisèrent pour élaborer un plan d'attaque.

— Quelqu'un a une idée pour passer sans se faire dévorer par les crocos ? demanda Polias.

Hoérra fut étonnée par la question :

— T'as peur des crocodiles toi maintenant ? Tu viens de te battre contre un Kraken !

— Ah oui, mais ce ne sont pas n'importe quels crocos, ma chère ! Regarde-les bien !

Même si le marais était assez loin, Hoérra parvint à percevoir des points rouges qui semblaient flotter à la surface de l'eau.

Il faisait une chaleur moite, qui assommait un peu la jeune femme, et la sueur qui coulait dans ses yeux l'empêchait de voir distinctement :

— C'est quoi, les boules rouges ?

— Leurs yeux, pardi ! Tu veux que ce soit quoi d'autre ? s'exclama Razi, agacé de l'ignorance récurrente de la protégée d'Abgar.

S'épongeant le front avec sa manche, elle s'efforça de fixer avec intensité les sphères écarlates.

Rapidement, elle perçut les mouvements languissants des reptiles.

Ces derniers se dirigeaient avec lenteur en direction du seul banc de sable qui bordait leur étendue d'eau kaki.

Hoérra découvrit qu'il ne s'agissait effectivement pas de crocodiles ordinaires.

Car non seulement leur taille de plus de dix mètres était absolument exceptionnelle, mais surtout leur couleur noir et rouge faisait d'eux des êtres tout à fait rares, en tout cas inattendus pour Hoérra.

— Mince, on est bloqués ! soupira Polias qui ne quittait pas, elle non plus, les reptiles des yeux.

— De toute manière, tant qu'on ne sait pas comment on peut avancer avec la gamine, on n'est pas près de continuer, grogna Razi qui, assis sur une souche, était en train de caresser Tsip allongée de tout son long.

Il se passa plusieurs heures sans que les crocodiles, assommés par le soleil de plomb, ne daignent bouger.
En l'état, Hoérra avait beaucoup de mal à percevoir le danger qui pouvait émaner de ces colossaux monstres.
De temps à autre, des paupières se levaient pour laisser apparaître les billes écarlates, mais très vite, elles s'abaissaient de nouveau pour que la bête puisse se remettre en sommeil profond.
— Il faut les secouer, car ils peuvent rester comme ça pendant des années !
Razi venait de se relever, accompagné de son Cerbère.
Tsip avait récupéré grâce à la longue sieste imposée et elle était prête à agir maintenant.
Mister Trusty, qui était resté muet jusqu'à présent, s'exclama :
— Je sais comment nous allons procéder ! D'abord, nous avons besoin d'un leurre ! Attendez-moi ici. On bougera à mon retour !
Sans laisser le temps au groupe de répondre le gorfou s'enfonça dans la jungle sombre.
Comme par hasard, il se sauve encore !
Un long moment passa avant qu'un mouvement ne soit visible près du marécage
Une sorte d'énorme épouvantail fait de bois et de feuilles planait au-dessus du marais.
Les crocodiles totalement léthargiques ne perçurent rien. Il fallut qu'une rafale effleure la surface de l'eau, arrosant au passage une partie du banc de sable, pour qu'ils s'éveillent.

Agacé, un premier reptile se retourna pour s'en prendre à son voisin qui, lui-même irrité d'être réveillé de la sorte, s'élança avec une vivacité inattendue sur son agresseur.

Ces êtres, qui jusqu'à présent étaient atones et mous, se transformèrent en bêtes d'une véhémence et d'une brutalité extraordinaires.

Ils s'attaquaient, en se tenant sur leurs pattes arrière, ouvrant grand leurs gueules et laissant ainsi apparaître des rangées de dents en forme de pieux.

Il doit y en avoir une centaine, facile !

Soudain, l'épouvantail s'agita frénétiquement, ce qui ne manqua pas d'attirer l'attention des reptiles.

Tous devinrent fous à la vue d'une éventuelle proie.

Une fois dans l'eau, ils furent encore plus rapides et agiles que sur terre.

Hoérra s'attendait à voir les bêtes se jeter sur l'objet, mais ceux-ci se placèrent à l'arrière du mannequin végétal et ouvrirent grand leur gueule.

D'un bon, ils s'attaquèrent à l'ombre de l'épouvantail.

Mais, comment ils font pour attraper une ombre ?

Une fois la silhouette sombre coincée entre leurs dents acérées, ils donnèrent des à-coups pour que leur proie cède à leur assaut.

À chaque tiraillement asséné à l'ombre, le mannequin bougeait aussi.

Rapidement, les crocodiles l'emportèrent attirant d'abord la silhouette noire, puis l'épouvantail, dans les profondeurs verdâtres de l'eau.

S'ensuivit un combat acharné entre les reptiles pour savoir qui aurait le plus gros morceau de leur nouvelle victime.
— Parfait ! Par contre, nous n'avons pas beaucoup de temps ! s'exclama Mister Trusty qui avait réapparu comme par magie.
— Razi, mets ta kunée, et avec Polias vous montez sur Tsip, ordonna le gorfou.
Tous s'exécutèrent et une fois sur le Cerbère, le gardien sortit de son sac un magnifique casque de platine orné d'une énorme tanzanite d'un bleu perçant.
Lorsqu'il le coiffa, lui, la gardienne et le colossal chien à trois têtes disparurent totalement !
— On peut m'expliquer ? demanda Hoérra stupéfaite.
— Pas le temps ! lança Mister Trusty. Hoérra, tu montes sur Anochi et tu prends, dans ta besace, le bout d'aile que Briac t'a donné.
Hoérra interrogea du regard le Monokéros, qui donna son accord pour que la jeune fille le chevauche.
Une fois à califourchon sur son ami, elle sortit de son sac le cadeau des Sylphes.
— Bien ! Place-la sur ton épaule et suivez-moi rapidement ! ordonna le gorfou.
Alors qu'elle venait de coller l'aile sur son bras, Hoérra se rendit compte que son ombre et celle d'Anochi avaient littéralement disparu.
Étonnée, elle leva la tête à la recherche de Mister Trusty, mais elle ne le trouva pas.
Anochi se mit en marche au trot, puis aussitôt au galop.

Mais, il faut qu'il s'arrête ! Il va où là ? On doit suivre Mister Trusty !

Soudain, elle découvrit que le Monokéros poursuivait une lueur grise qui avançait à quelques mètres au-dessus d'eux. Lorsqu'ils se trouvèrent sur la plage de sable, elle observa l'amas de reptiles qui continuaient de se battre pour des feuilles et du bois, sans se soucier de la caravane clandestine qui passait sous leurs yeux.

C'est fou ! Ils ne voient pas ce truc qui vole au-dessus de nos têtes. Manifestement, nous, on est invisibles, mais pas ce machin scintillant. On pourrait l'apercevoir à des kilomètres à la ronde !

Rapidement, elle constata que le phénomène volant n'avait pas d'ombre, lui non plus.

Ah, c'est donc ça ! Ce n'est pas le fait d'être invisible qui nous protège de ces crocodiles, mais c'est celui de ne pas avoir d'ombre ! C'est vrai, que tout à l'heure, ils n'ont pas chopé l'épouvantail. Ils ont attrapé l'ombre dans l'eau pour avoir l'objet !

Au bout du banc de sable revenait la jungle sombre. Soulagée, Hoérra découvrit que Polias, Razi et Tsip les y attendaient.

Concentré, Anochi suivait docilement la lueur grise qui les menait vers la forêt dense.

Une fois à l'abri, Hoérra observa la lumière argentée qui scintillait toujours au-dessus d'eux.

Celle-ci descendit lentement vers le sol, pour se poster à quelques mètres d'Hoérra.

La jeune femme était stupéfaite, car devant elle se tenait à présent un jeune homme d'une élégance à couper le souffle.

Il avait de longs cheveux argent étincelants, une peau diaphane et des yeux gris pétillants.

Il adressa un sourire mal assuré à Hoérra.

La dernière fois que j'ai observé un être aussi beau, c'était chez les Sylphes…

— Vous êtes un Sylphe ? demanda-t-elle timidement.

— Tu peux enlever l'aile de Briac s'il te plaît, car on ne vous voit pas, je te signale, et c'est frustrant ! s'exclama Polias.

La jeune fille s'exécuta et examina son entourage.

Tout le monde était présent sauf le gorfou.

Bien sûr, encore aux abonnés absents face au danger ! Heureusement que ce Sylphe nous est venu en aide, sinon sans lui…

Son regard croisa à nouveau celui de l'être argenté.

Déstabilisée, elle eut la sensation de reconnaître ce regard : c'était celui d'un ami.

— Mister… enfin Viridus ? demanda la jeune femme d'une voix grave.

Le jeune homme acquiesça en tentant de cacher son émotion.

Hoérra s'élança vers le Sylphe et l'enlaça avec enthousiasme :

— Mais comment ai-je pu t'oublier ? Mon Viridus !

Des larmes perlaient sur ses joues, mais aussi sur celle du jeune homme.

Polias se mit à applaudir :

— J'adore les retrouvailles, c'est trop beau !

— Tu te ramollis, ma grande ! grommela Razi.

S'écartant un peu du Sylphe, Hoérra s'exclama :

— Il faut que tu me racontes ! Je sais que tu as été mon plus fidèle ami, comme un frère, mais mes souvenirs sont confus. J'ai besoin que tu me rappelles tout !

Viridus affirma d'un signe de la tête avant qu'un nuage gris scintillant ne le cache totalement ; lorsque la fumée se dissipa, Mister Trusty avait repris son apparence de gorfou.

— Promis, je vais te dire. Mais il faut que l'on avance.

Il reprit sa marche chaloupée de pingouin :

— Je reprends ma tenue de camouflage, car un Sylphe dans le Sombre ne passerait pas longtemps inaperçu, et nous serions vite repérés.

Telle une gamine, impatiente de découvrir son cadeau de Noël, Hoérra sautillait aux côtés de Mister Trusty, attendant les fameuses révélations.

— Saurais-tu me dire quels sont tes souvenirs exacts ? demanda le gorfou qui avait du mal à cacher son émotion.

— Je me rappelle que nous étions amis. Mais pas n'importe lesquels ! Nous partagions un lien extrêmement fort. Tu as été mon frère dans une autre vie ?

Cette question fit rire Mister Trusty :

— Non, si tu avais été ma sœur, tu aurais dû être une Sylphide et il est impossible pour nous de changer de famille d'êtres. Nous naissons en tant que Sylphes, et nous quittons ce monde sous cette même forme. Il nous est inaccessible de devenir humain.

Trop d'interrogations se bousculaient dans la tête d'Hoérra, mais elle avait déjà obtenu une affirmation : elle n'avait pas été une Sylphide comme elle le pensait, et cela la rassura, car elle n'aimait vraiment pas ces êtres.

Elle songea d'ailleurs que tout cela n'avait aucun sens, si son meilleur ami, celui qu'elle avait pris pour son propre frère, était un Sylphe.

Pourquoi diable je détesterais la famille de mon frère de cœur ?

— Que veux-tu dire par "nous quittons ce monde" ? Les Sylphes meurent ?

— En dehors des gardiens, tous les êtres qui peuplent le Diploste et le Chalari ont une enveloppe mortelle.

Pour les âmes humaines, vous passez dans le Chalari et repartez avec un nouveau corps dans le Diploste, et pour les êtres élémentaux, nous disparaissons. Beaucoup d'entre nous ne peuvent pas mourir naturellement, il faut que quelqu'un nous assassine. C'est pour cela que nous vivons des siècles et des siècles, car jusqu'à présent, aucun être n'était assez mauvais pour tuer ses semblables.

Zéhira est en train de changer la donne.

Je me demande même si elle n'arrivera pas, un jour, à rendre les gardiens mortels.

Égoïstement, Hoérra ne releva pas cette dernière phrase, pourtant capitale. Elle préféra se concentrer sur ses retrouvailles et approfondir ses souvenirs.

— Dis voir, Mister… euh Viridus… c'est fou, je ne sais plus comment t'appeler du coup !
Tu peux me dire comment on s'est rencontré ? Ça réveillera peut-être une de mes vies antérieures, celle où on a été amis.

— Nomme-moi comme tu le ressens dans ton cœur, car tu as toujours su me parler, aussi bien avant qu'en tant qu'Hoérra.
Ce n'est pas à moi de faire resurgir tes existences passées. Elles viendront quand elles en auront envie. Si elles n'apparaissent pas maintenant, c'est que ce n'est pas le moment.
En revanche, je peux te raconter mon histoire : je suis un Sylphe qui a connu la création des mondes. Comme Elden, je fais partie des premières lignées, nous sommes des "originaux".
C'est en cela que je me suis rapproché d'Elden.
Pendant des siècles, j'ai préféré le Diploste au Chalari. J'avais une fascination pour les humains. J'adorais leur quotidien et leur authenticité. J'étais impressionné lorsque je les voyais passer d'une colère noire à des éclats de rire en l'espace de quelques instants. Et que dire de leur façon d'aimer ? Il n'y a que les humains qui chérissent avec tant de passion ! Je ne compte plus le nombre d'hommes et de femmes qui ont donné leur vie pour un être aimé.

Pendant longtemps, je les ai observés de loin, sans me mélanger à eux. Mais un jour, une rencontre bouleversa ma tranquille existence.

Une jeune fille, aux longs cheveux blonds comme les blés, s'intéressa à moi.

Elle était différente de ses semblables, elle voyait en moi bien plus qu'un simple courant d'air. Elle me lisait comme un livre ouvert.

Nous écoulâmes de longues heures ensemble à échanger sur une multitude de sujets plus passionnants les uns que les autres. Et ce qui devait arriver arriva : nous nous éprîmes éperdument l'un de l'autre.

Je me rendais de plus en plus souvent dans le Diploste, ce qui ne passa pas inaperçu aux yeux de mon peuple.

Je fus convoqué par notre chef.

— Briac ?

— Oh non, Briac est un ange comparé au chef que nous avions à l'époque.

Malo était un souverain obtus, têtu et très attaché à nos règles et valeurs.

Et une des obligations qui lui tenait à cœur était : aucune union entre Sylphe et Humain. Je ne comprenais pas pourquoi il défendait tant cette règle.

Je ne le sus que plusieurs siècles plus tard.

Bref, pour en revenir à mon idylle, un jour Malo, qui avait eu vent de mon histoire, me convoqua.

Irrité, il m'intima l'ordre de ne plus retourner dans le Diploste tant que mon adorée y serait.

Nous étions jeunes et ma famille était tout ce que j'avais. Malo avait vu, comme moi, la création des mondes et nos liens, bien qu'étranges, étaient puissants.

Incapable de me révolter, je ne sollicitai qu'une faveur : pouvoir faire mes adieux à l'amour de ma vie.

Malo accepta à la seule condition que ce soit la dernière fois.

Je préfère te passer mes adieux déchirants.

Mister Trusty avait les larmes aux yeux et Hoérra voyait bien qu'il avait du mal à poursuivre son récit :

— Et notre rencontre, alors ?

Le gorfou se reprit :

— C'est pour cela que tu as été mon amie. Tu as toujours su me faire sortir la tête de l'eau.

Nous nous sommes rencontrés dans le Chalari, car cela faisait des siècles que je n'avais plus remis les pieds dans le Diploste.

J'avais tenu parole et je n'avais pas revu mon amour lorsqu'elle était dans le Diploste, mais Malo ne m'avait pas interdit de la voir dans le Chalari.

J'attendis patiemment que son corps cesse de fonctionner et me rendis dans la zone humaine du Chalari.

Nous eûmes une longue discussion et je lui précisai que maintenant qu'elle était ici, plus rien ne nous empêchait de nous aimer.

Mais elle extermina la dernière lueur d'espoir que j'avais conservée en moi.

Sans l'ombre de méchanceté ou d'aigreur, elle m'expliqua naturellement que j'avais fait un choix. En décidant de ne pas unir ma vie à la sienne lorsque j'en avais eu l'occasion, je lui avais clairement signifié que je n'étais pas si épris que cela d'elle.

Elle devait continuer sa route et reprendre une nouvelle existence dans le Diploste.

Pour faire simple : je devais l'oublier.

À partir de ce jour, je ne sortis plus du territoire des Sylphes.

J'avais l'impression que je n'avais plus aucun sentiment, ni bon ni mauvais. Je me sentais vide et plus rien n'avait de sens.

Et puis, tu es apparue.

J'ai lu en toi le même sentiment de tristesse immense. Tu portais toutes les peines du monde et j'ai eu envie de te connaître.

À ces mots, Hoérra ressentit un profond désespoir, mais aussi un grand amour.

Troublée, elle demanda :

— On était… euh, comment dire ? … On a eu un rapport amoureux, toi et moi ?

Mister Trusty éclata de rire :

— Bien sûr que non ! Tu étais mon âme sœur amicale ! J'avais l'impression d'être avec un double qui me complétait lorsque nous étions ensemble. Jamais il n'y a eu une seule ambiguïté sur nos liens. Nous avions une belle et sincère amitié qui était aussi forte qu'une relation amoureuse, mais nos cœurs étaient partis avec nos amours, car toi aussi tu avais perdu ton bien-aimé.

Hoérra sentait ce sentiment amoureux, mais sans comprendre pourquoi, elle refusait de le laisser l'envahir :

— Mais, je ne comprends pas pourquoi tu n'es pas venu avec nous lorsque nous sommes allés chez les Sylphes. Ça aurait été beaucoup plus simple !

— Pas du tout, je vous aurais compliqué la tâche.

Lorsque Malo eut vent de notre amitié, il me convoqua à nouveau et me sermonna. Il voyait d'un mauvais œil notre relation et trouvait que je passais beaucoup trop de temps avec toi. Encore une fois, il m'imposait un choix : ma famille ou toi.

Je ne voulais pas te perdre de la même façon que j'avais gâché ma chance de vivre mon amour.

Alors, j'ai renié les miens. Cela a rendu fou de rage Malo qui m'a banni à jamais du territoire des Sylphes.

— Mais qu'est-il arrivé à Malo ? Car moi j'ai vu Briac dans la fonction de chef, pas Malo.

— Malo est mort.

Alors là, il se moque de moi ! Il m'a dit qu'ils étaient quasi immortels ! Et là, le big boss décède. Normal quoi !

Voyant l'incompréhension dans les yeux d'Hoérra, Mister Trusty expliqua :

— Personne ne l'a assassiné, car je t'ai déjà expliqué que c'était extrêmement rare. Mais Malo nous avait caché une vérité sur notre peuple : si nous nous unissons à un (ou une) humain(e), nous devenons mortels.

— Tu es en train de me dire que Malo est tombé amoureux d'une humaine ?

— Tout à fait ! Il m'a protégé par amour pendant des siècles et des siècles. Il savait que si je me mariais à une humaine, j'allais mourir.

Mais, lorsque Malo rencontra son âme sœur, il ne put résister, et accepta de troquer ses siècles d'existence contre quelques années de bonheur.

— Mais alors, une fois Malo parti, rien ne t'empêchait de revenir parmi les tiens.

— Pour cela, il aurait fallu que je me présente devant mon nouveau chef, Briac, pour qu'il m'absolve et lève le jugement de son prédécesseur.

Je ne l'ai pas fait, car j'ai mis du temps à pardonner à mon peuple de m'avoir rejeté ainsi.

Et puis, j'étais fort occupé avec toi !

Ensuite, Elden a eu besoin de moi et je peux te dire que je n'ai pas vu le temps passer !

Mais lors de votre venue, Briac a annoncé à Polias que j'étais à nouveau le bienvenu.

Si on se sort de toute cette histoire, je retournerai en paix près des miens.

Voilà, je pense que tu sais tout. Le reste, tes vies antérieures te le diront lorsqu'elles en auront envie. En tout cas, sache que je suis ravi de te retrouver, miss !

— Moi aussi, Mister… euh… Viridus… Mister Viridus !

CHAPITRES VII

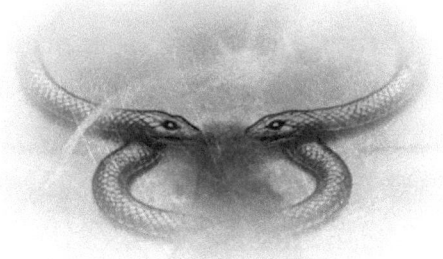

Les serpents de l'apocalypse

Elden replaça son capuchon qui commençait à descendre dangereusement. S'il était découvert maintenant, ce serait la fin de tout.
Tout en observant la foule qui se tenait autour de lui, il se demandait pourquoi un tel rassemblement avait lieu.
Devant lui, à plusieurs mètres, se dressait une estrade, faite principalement de bois, sur laquelle trônait un énorme fauteuil ainsi qu'un plus petit à sa droite.
L'ensemble était semblable à un décor médiéval.
Cela ne m'étonne guère, elle a toujours eu un goût prononcé pour cette période lugubre de l'humanité.
L'attente était pesante et Elden commençait à se lasser. Il avait l'impression de macérer dans une foule gluante et répugnante. Autour de lui, des êtres ignobles ne cessaient de hurler des jurons haineux.
À quoi devais-je m'attendre en me rendant dans le cœur de la zone sombre ?

Un son de trompette retentit, interrompant immédiatement tout brouhaha.

— Veuillez accueillir comme il se doit, notre reine à tous : Zéhira ! annonça un des trompettistes.

D'un seul mouvement, la foule s'agenouilla en inclinant la tête vers le sol boueux.

Le manque de réflexes faillit faire repérer Elden, car jamais il ne s'était abaissé à mettre un genou à terre devant Zéhira. Pourtant, il fut bien obligé de jouer le jeu.

Curieux, il leva tout de même légèrement le regard pour observer l'entrée de la prétendue reine.

Il reconnut immédiatement sa longue chevelure blonde ondulante au gré de ses pas.

Elle était parée d'une robe médiévale noire au corsage or.

Elden la trouva encore plus resplendissante que lors de leur dernière entrevue.

Le mal lui va à merveille.

Elle était suivie de près par une frêle silhouette qu'Elden aurait pu identifier sur-le-champ parmi une multitude d'autres femmes.

Kitra !

Vêtue d'une somptueuse robe bleu roi, elle avait attaché sa longue chevelure ténébreuse, laissant ainsi apparaître la courbure de sa douce nuque.

Un instant, Elden eut envie de fendre la foule pour enlacer ce corps qu'il avait mille fois serré, et déposer un baiser passionné dans le creux de son épaule.

Sentant sans doute ce regard brûlant sur elle, Kitra inspecta le petit peuple.

Elden abaissa immédiatement la tête pour se cacher sous son capuchon.

La fraction de seconde où il aperçut ses yeux lui glaça le sang, cessant instantanément tout élan enflammé envers celle qui fut si longtemps sa maîtresse.

Comment ai-je pu être son jouet ? Bêtement, j'allais encore me faire avoir !

Une fois les deux beautés installées sur leur trône respectif, la foule eut la permission de se relever et de les acclamer.

Elden voyait qu'elles se délectaient de ce pouvoir qu'elles tenaient entre leurs mains. Il pouvait percevoir d'ici la flamme de la haine qui les animait toutes deux.

Soudain, Zéhira se leva :

— Il suffit ! Bande d'incapables !

Son regard était dur et ses traits figés.

La populace se mit à frémir et à se recroqueviller, espérant que la reine passerait son courroux sur son voisin plutôt que sur lui.

Satisfaite de la peur qu'elle inspirait, elle reprit :

— Êtes-vous fiers de vous ? Pensez-vous que moi, je puisse vous applaudir ? Qu'avez-vous fait qui justifierait un tel acte de ma part ? Je peux vous le dire : rien ! Ou du moins si peu de chose !

Jusqu'à présent, vous avez un peu malmené le Diploste en usant quelques âmes avec la société de consommation. Vous en avez capturé d'autres qui voulaient se rendre dans la zone claire. Mais cela n'est rien comparé à ce que je vous ai donné !

J'ai fait fuir tous ces horribles êtres élémentaux dans le Chalari, détruisant ainsi toute magie dans le Diploste.

J'ai réussi à faire oublier à ces répugnants humains la vérité sur le cycle du Diploste et du Chalari.

Grâce à mon travail acharné, certains pensent même qu'après leur mort il n'existe plus rien !

Des rires gras éclatèrent dans l'assemblée.

Sans y prêter attention, Zéhira reprit avec encore plus de hargne :

— J'ai créé des religions qui permettent l'asservissement. Mais j'ai aussi imaginé l'argent et le système qui va avec ! Ainsi, ces idiots polluent et détruisent le Diploste, sans que nous ayons besoin de le faire !

Je suis la créatrice des dépressions qui peuvent les mener à la folie et des antidépresseurs qui les rendent apathiques.

J'ai modifié des passages pour que vous puissiez attirer des âmes dans la zone sombre, et j'ai même élargi le sombre en attaquant petit à petit les zones claires.

La foule, totalement hypnotisée, acclama sa reine avec ferveur :

— ZÌTO ZÉHIRA !

— Il suffit ! s'exclama Kitra

Un calme impatient régna. Tous étaient suspendus aux douces lèvres de la diablesse, Elden compris.

Zéhira reprit :

— Mais en vérité, je vous le dis : tout cela n'est rien !

Abasourdie, la foule ne comprenait pas où voulait en venir leur souveraine.

— Oui, vous avez bien entendu : tout cela n'est rien, comparé à ce que je m'apprête à faire pour vous !

Elle fit un léger signe à l'un de ses sbires. Celui-ci descendit les trois marches de l'estrade et remonta assez vite avec un homme ligoté. Ce dernier avait un sac de jute sur la tête.

Une fois qu'il fut posté face à Zéhira, la gardienne arracha violemment le sac, laissant apparaître un visage tuméfié.

Des cris étouffés parcoururent l'assemblée.

Jerm ! Mais que fait-il ici et surtout dans cette posture de prisonnier ?

Ravie de son petit effet, Zéhira esquissa un sourire :

— Je constate que vous avez tous reconnu le gardien Jerm ! Ou devrai-je m'adresser à toi en tant que dieu Hermès, ou Mercure peut-être ?

La moquerie amusa beaucoup la foule.

Le pauvre gardien, aux allures de jeune homme, était couvert de sang. Il avait dû recevoir une avalanche de coups et à cause de sa paupière droite qui avait doublé de volume, il peinait à percevoir l'immonde scène qui se jouait devant lui.

À cet instant, Elden reconnut derrière l'estrade Mar qui semblait lui aussi ne pas vraiment apprécier le spectacle.

Tous deux attendaient fébrilement la suite des événements.

À quoi joue-t-elle ? Elle pourra le frapper tant qu'il lui plaira, elle ne pourra pas le tuer ! Pourquoi fait-elle tout cela ? Et où veut-elle en venir ?
Zéhira lui servit la réponse sur un plateau :
— Vous vous demandez sûrement ce que je fais ici aux côtés de ce piètre dieu ?
Enfin, un dieu… C'est à cause de son immortalité que les humains l'ont hissé au rang de divinité… Au même niveau que moi !
Surjouant la rage, de violentes huées s'élevèrent dans la foule.
— Je suis d'accord avec vous ! Il est inconcevable que l'on me confonde avec cette chose ! affirma Zéhira qui repoussa de la pointe du pied le pauvre prisonnier. Ne tenant plus sur ses jambes, Jerm chancela et s'écroula sur le sol rêche.
— Mais votre reine vaut mieux que cela ! Votre souveraine est au-dessus de tout, au-dessus de ces répugnants hommes, êtres élémentaux et gardiens.
Votre reine est au-dessus de tout, et même au-dessus d'Epha !
Un silence glacial tétanisa la foule.
Sans ajouter un mot, Zéhira fit face à son public et leva les bras au ciel.
Tous les regards se braquèrent sur son collier réalisé de façon à ce que deux têtes de serpent se rejoignent sous les clavicules de la reine.
Les deux gueules se mirent à éjecter un sombre brouillard.

Elle se tourna vers le prisonnier qui semblait avoir compris ce qui se passait.

Il tenta un dernier coup d'œil rempli de supplications vers la foule insensible.

Tétanisé et impuissant, Elden observait en espérant que son pressentiment était faux.

Le regard de Jerm croisa celui d'Elden.

Le soulagement se lut sur son visage tuméfié, mais avant qu'il ne puisse s'adresser à lui, l'épaisse fumée qui était sortie du collier de Zéhira était devenue un énorme nuage noir. Telle une araignée se jetant sur sa proie, la nuée ténébreuse s'empara du prisonnier.

Un hurlement d'outre-tombe s'éleva à travers la masse sombre.

Il ne fallut que quelques secondes pour que le phénomène vaporeux se dissipe.

Docilement, il retourna dans le bijou de Zéhira.

Tous les regards étaient tournés vers l'endroit où s'était tenu Jerm.

Le frêle corps du jeune gardien avait disparu.

À sa place était tracée, sur le sol de l'estrade, une silhouette d'homme carbonisé.

— Voilà ce qu'il en coûtera dorénavant de s'opposer à votre reine ! s'exclama Zéhira.

Galvanisée par ce spectacle funeste, Kitra se leva de son trône et applaudit Zéhira avec ferveur.

Bien qu'effrayée par ce qu'elle venait d'observer, la foule se mit à l'imiter timidement.

Mais rapidement, remis de leur stupéfaction, les partisans de Zéhira se mirent à hurler :

— ZÌTO ZÉHIRA ! ZÌTO ZÉHIRA ! ZÌTO ZÉHIRA !

Le petit peuple était à nouveau en délire.

Abasourdi, Elden était incapable de bouger.

Il aperçut Mar qui semblait être dans le même état que lui.

Comment a-t-elle fait pour exterminer ce pauvre Jerm ?

Je ne vois qu'un pacte avec Epha. Si elle a fait ça, c'est encore pire que ce que je pensais. Nous ne pourrons plus raisonner Zéhira comme je le comptais. Nous devons nous battre, nous n'avons pas le choix.

Le visage plein de malice d'Hoérra lui parvint.

Ma pauvre enfant ! Qu'ai-je fait ? Je te mène droit dans la gueule du loup et je ne peux rien faire pour l'empêcher.

J'espère que tu comprendras pourquoi je te sacrifie. Puisses-tu un jour me le pardonner.

CHAPITRE VIII

Sagesse & courage

Hoérra avait l'impression d'avoir recouvré ses onze ans.
Pendant un long moment, elle avait laissé beaucoup de place à Rachel, oubliant la petite fille qu'elle était.
C'est une âme certes érudite, mais il faut bien l'avouer plutôt rabat-joie et assez vieux jeu.
Ses retrouvailles avec Mister Trusty, qu'elle nommait à présent Mister Viridus, lui avaient redonné une énergie juvénile. Elle était soulagée de voir que le gorfou n'était pas un pleutre, comme elle l'avait cru lors des récents événements. Mais surtout, ce qui lui procurait une sensation de félicité était la confirmation que leurs liens étaient encore plus forts qu'elle ne le pensait.
C'est fou, notre attachement date de plusieurs siècles ! On peut dire que c'est un ami de longue date !
Soucieux de la suite de leur avancée, Mister Trusty avait rejoint Razi, Polias et Tsip. Alors qu'ils marchaient avec aplomb vers une chaîne de montagnes gris-anthracite,

ils échangeaient en chuchotant. Hoérra et Anochi, qui les suivaient naïvement de loin, étaient à mille lieues de l'ambiance stratège et nerveuse du premier groupe.

— Tu te rends compte, c'est quand même un truc de fou ! Mister Viridus est mon ami depuis... pfou... des siècles et des siècles ! s'extasiait la jeune femme.

Anochi était ravi de constater qu'elle avait renoué avec le gorfou, car cela lui fendait le cœur de les voir ainsi brouillés.

Le Monokéros abhorrait les disputes.

Il se souvient que lorsqu'il était sur son territoire jamais il n'avait levé la voix et invariablement, il s'était abstenu de répondre aux provocations, pourtant nombreuses, de ses semblables. Les Monokéros les plus robustes jugeaient qu'il agissait de la sorte par faiblesse, mais il n'en était rien. Anochi avait toujours eu la sagesse de comprendre que les échanges devaient être constructifs et bienveillants. Si la situation ne se présentait pas comme telle, il s'en détournait, tout simplement.

Écoutant d'une oreille distraite Hoérra babiller, il pensa aux êtres qu'il aimait, mais qu'il avait malheureusement quittés. Sa mère évidemment, mais aussi son père, ses frères et sœurs, lui manquaient terriblement. Il avait beau être "l'être à part" des Monokéros, il n'en restait pas moins qu'il était tout de même chez lui avec eux. Il revoyait sa mère et ses sœurs en larmes lorsqu'il leur avait annoncé qu'il allait répondre à l'appel d'Abgar, le regard courroucé de son père qui ne comprenait pas pourquoi son fils partait se battre pour des étrangers alors qu'il avait systématiquement refusé de le faire chez les siens, et les railleries de ses frères, qui n'étaient rien d'autre qu'une façon de détourner leur tristesse.

Anochi avait toujours été différent. Il était plus rêveur, plus tolérant et moins impulsif que ses frères. Il aimait prendre son temps et pouvait passer des heures à écouter ses semblables sans jamais leur couper la parole. Il n'était jamais acteur, mais constamment spectateur attentif et bienveillant.

Cela lui avait convenu jusqu'à sa rencontre avec Hoérra. Immédiatement, il avait su qu'elle n'était pas une simple pucelle autorisée à parcourir le monde des Monokéros. Il n'avait d'ailleurs pas compris comment elle avait franchi leur frontière aussi facilement. Mais surtout, il ne s'expliquait toujours pas le fait que personne d'autre n'avait réussi à percevoir ce qui lui paraissait évident.

Hoérra était remplie de vies antérieures intenses et ancrées. Elle n'était en rien semblable aux âmes humaines qu'il avait déjà vues un nombre de fois incalculable.

Il n'avait jamais avoué à Hoérra qu'avant, il allait souvent dans le Chalari pour observer et échanger avec les humains. Il gardait pour lui qu'il les avait aimés avant de les détester avec la même intensité.

Il ne parvenait pas à expliquer comment des êtres, qui avaient été des amis et des alliés pendant des siècles, étaient devenus leurs tortionnaires en si peu de temps.

La première fois qu'il avait aperçu Hoérra dans les champs, il avait volontiers laissé ses compères la charger.
Lorsqu'il l'avait regardée courir alors qu'elle tentait une fuite sans espoir, il avait su, il avait compris : elle n'était pas une simple humaine. Il devait la sauver des Monokéros troublés par le brouillard.
Une fois face à elle, l'évidence lui était tombée dessus telle une chape de plomb : elle était l'élue que son peuple attendait.
Il était effaré de constater que personne ne le voyait. Pourtant, c'était aussi flagrant qu'une corne sur un front !
Malgré son enveloppe de jeune fille, Hoérra était tout sauf humaine.
Il l'avait appréciée instantanément, car par bien des aspects, elle lui ressemblait.
Il avait capté sa solitude d'être à part et avait compris qu'elle avait vécu en marge de la société qui l'entourait.
Mais rapidement, il avait ressenti aussi une grande détermination et une sagesse qui ne furent pas pour lui déplaire.
À bien des égards, Hoérra lui ressemblait, mais en plus forte.
Son arrivée fracassante avait bouleversé la petite existence paisible d'Anochi.
Lui, qui errait sur ses terres en ayant pour seul but d'éviter les brutes de son espèce, s'était transformé, au contact d'Hoérra, en sauveur de l'humanité.

Après tout, c'était grâce à elle s'il était devenu un membre éminent et respecté des Monokéros. Il lui devait tout et il aurait volontiers continué ainsi si Abgar n'avait pas lancé son appel.

Pour Anochi, impossible d'ignorer cette sollicitation. En tant que grand sage, et avec l'aide de Vévaios, ils avaient réuni leur peuple pour transmettre la requête de celui qui fut leur protecteur.

Anochi fut effaré de voir les Monokéros baisser leurs cornes lorsqu'il avait demandé qui allait le suivre dans cette quête des plus honorables.

Il avait pourtant pris le temps de leur expliquer que, s'ils ne s'opposaient pas à Zéhira, leur population et tout ce qui les entourait étaient voués à une extermination certaine.

Aucun, excepté Vévaios et Elpida, n'avait déclaré vouloir s'engager dans cette noble cause.

La colère avait laissé place à la tristesse lorsqu'il avait lu de la peur dans les yeux du plus vaillant Monokéros.

Ils étaient tous pétrifiés à l'idée d'affronter Zéhira et Anochi ne pouvait pas leur en vouloir.

Il était évident que la vieille Elpida devait rester à l'abri et ils se mirent d'accord sur le fait que Vévaios protégerait, sur leur territoire, les plus faibles en cas d'attaque de l'ennemi et notamment de cette traîtresse de Dypistia.

Comment avait-elle osé trahir les siens pour un être qui avait des projets aussi sordides ?

Les voyant prendre la fuite, il n'avait pas pu s'empêcher de penser que lorsque le bateau coule, les rats quittent le navire.

— On ne va quand même pas monter tout ça ?

La question d'Hoérra fit sortir le Monokéros de ses douloureuses pensées.

— Je crois bien que si, mon amie, répondit-il avec une gentillesse qui n'échappa pas à la jeune fille.

Prenant soudainement conscience qu'elle n'avait parlé que de son attachement d'avec Mister Trusty, elle s'exclama :

— Mais en attendant, tu es le premier à m'avoir accepté telle que je suis ! Toi aussi, Anochi, tu es un véritable ami !

La chaîne accidentée qui se dressait devant le petit groupe était colossale. Teintée de gris sombre et de bleu pâle, elle semblait ne pas avoir de fin. En levant la tête, Hoérra découvrit qu'une énorme partie de la montagne qu'ils allaient gravir était totalement enneigée.

— Si tu as froid… commença Mister Trusty avant d'être interrompu par la petite rousse qui sautillait partout :

— Je fouille dans ma besace !

Ravi de voir que la jeune fille avait retrouvé sa vigueur d'enfant, il se contenta de sourire en lui faisant signe de la suivre.

Habituellement, Hoérra aurait râlé à l'idée de grimper cette montagne, mais cette ascension lui rappelait celle du mont Olympe. Et même si elle savait pertinemment qu'elle évoluait dans la zone sombre, elle savait aussi que rien n'était impossible dans le Chalari.

Avec un peu de chance, il y a un lieu tout aussi féerique que le mont Olympe en haut !
Il se passa quelques heures d'escalade avant qu'Hoérra ne commence à sentir que son corps peinait à avancer au même rythme que ses compères.
Mister Trusty tourna la tête vers elle au moment où la jeune fille commençait à trébucher sérieusement sur les plaques de neiges qui avaient envahi tout l'espace montagnard.
— Mets ton manteau, Hoérra.
Se retournant vers Polias, il chuchota :
— Elle est toute seule. Je ne sais pas pourquoi, mais je n'aime pas ça.
Sans prendre la peine de se retourner, Razi grogna :
— Seule, ou à quarante, cette gamine est un boulet !
Sans le vouloir, Hoérra avait entendu les propos désobligeants du gardien.
Les larmes aux yeux, elle chercha son énorme manteau dans sa besace.
Pourquoi est-il aussi méchant avec moi ? Je n'y suis pour rien si je ne suis qu'une fille de onze ans ! J'aimerais lui dire que je fais tout ce que je peux pour leur plaire, mais visiblement, tous mes efforts ne suffisent pas. Et même Mister Viridus me préfère avec mes vies antérieures.
D'ailleurs, peut-être même qu'il n'aime qu'une de mes vies passées !
Perdue dans ses pensées, elle sentit un pic lui toucher la jambe.

Elle se retourna et vit le Monokéros qui, tout en la suivant docilement, avait perçu la tristesse de la jeune fille.
— Finalement, je crois que tu es mon seul ami, Anochi.
— Ne dites pas cela, demoiselle. Vous êtes un être formidable et certaines personnes savent s'en rendre compte avant les autres, voilà tout. Laissez le temps faire son œuvre et vous verrez que même ce rustre de Razi vous mangera dans les mains !
En visualisant l'image, Hoérra et Anochi éclatèrent de rire, ce qui surprit le reste du groupe pessimiste.
Avec ardeur, ils escaladèrent de longues heures les parois gelées et abruptes.
Razi, Polias, Mister Trusty et Tsip étaient constamment en tête, alors qu'Hoérra et Anochi étaient encore et toujours bons derniers.

Une fois arrivée au sommet, la jeune fille fut déçue, car non seulement il n'y avait plus de neige, mais surtout, il n'y avait rien.
Pas un bâtiment, un temple ni une petite végétation, ne venait habiller le pâle plateau gris sur lequel ils se tenaient. Satisfait, et visiblement soulagé, Razi se retourna pour constater le long chemin parcouru. Tout le groupe l'imita :
— Pfou ! On a fait le plus gros. Il n'est pas là, nous ne tomberons pas dessus.
— Tomber sur qui ? demanda une voix grave et masculine.
Hoêrra observa le visage du gardien blêmir avant de reprendre une attitude faussement désinvolte :
— Marty ! Quelle bonne surprise de se croiser ici !

Un homme qui s'appelle Marty ne doit pas être dangereux !
La jeune fille imita le groupe qui avait fait face au fameux Marty.
Polias eut à peine le temps de bâillonner de sa main Hoérra avant qu'un son de terreur sorte de sa bouche.
Discrètement, elle la fit reculer de quelques mètres en arrière :
— Ne montre surtout pas ta peur ! S'il la sent, tu es morte !
Puis sans rien ajouter d'autre, la gardienne rejoignit le reste du groupe, laissant Hoérra tétanisée.
Je fais comment, moi ?
Une petite voix lui chuchota de voir si sa besace contenait quelque chose d'utile à la situation.
Doucement, elle y plongea la main et en ressortit la ceinture d'Hippolyte.
Bien joué ! Avec elle, je n'aurai plus peur de rien !
Une fois la bande de cuir accrochée à sa taille, il ne fallut que quelques secondes pour qu'elle ressente la même sensation que la fois où elle l'avait passée dans le refuge.
Gonflée de hardiesse, elle retourna auprès du groupe qui échangeait des banalités.
Même avec ma ceinture, il m'angoisse un peu, le bougre !
En effet, le fameux Marty n'avait d'humain que la tête.
Et même ce visage, qui aurait dû être familier à Hoérra, était terrifiant.
Marty avait les traits d'un homme ravagé par la vie, ses yeux, dépourvus d'iris, étaient d'un blanc cireux. Sur son

front ridé avaient percé deux grosses cornes noires. À leur base suintait un liquide semblable à du pus.

Lorsqu'il sourit à Polias, il dévoila une triple rangée de dents jaunes, taillées en scie, déchirant sa face d'une oreille à l'autre.

Son énorme corps de lion était rouge sang, comme ses griffes.

Il observa Hoérra avec insistance :

— Je ne t'ai pas présentée : Marty, voici Hoérra.

La créature s'inclina devant elle. En baissant ainsi la tête, elle éleva sa croupe, découvrant sa queue de scorpion. La jeune fille eut à peine le temps de se dégager sur sa droite que le dard fonça sur elle.

— Martya Manticore Xvar, pour vous servir ! Mais tout le monde m'appelle Marty. Veuillez excuser mon côté arthropode, il ignore les politesses humaines.

Devant tant de civilité, Hoérra se radoucit.

Après tout, qui suis-je pour juger au physique ? Il est sûrement sympa.

— Que faites-vous dans les parages ? demanda Marty en s'asseyant nonchalamment.

— Oh, pas grand-chose. Tu connais, on se balade et on fait découvrir le coin à la gamine et à sa chèvre.

Hoérra comprit que ce fameux Marty était beaucoup plus intelligent qu'il ne voulait le laisser croire. Elle l'entendit chuchoter :

— Une gamine et une chèvre, hein ?

Razi se racla la gorge :

— Et toi, que fais-tu par ici ?
— Comment ça ? Que fais-je ici ? Vous êtes sur mon domaine !
— Je dois perdre la boule, mais je pensais que tu vivais plus à l'ouest.
— Oui, tu as raison, mais depuis que Zéhira étend la zone sombre, il y a plus d'espace, notamment à surveiller. Du coup, j'ai encore plus de place !
— Surveiller ? Mais de quoi ? demanda Polias.
Elle est très bonne comédienne !
Marty prit un air plus léger :
— Je ne sais pas trop, mais elle y tient et tu sais comme moi que ce que Zéhira veut…
Une lueur dans les yeux, il demanda à Hoérra :
— Tu viens du Diploste, si je ne m'abuse. Raconte-moi, parle-moi de ce lieu merveilleux ! Il y a encore des humains bien gras ? Et les éléphants, les gazelles, les biches ? Dis-moi que ces crétins de chasseurs ne les ont pas tous exterminés.
Stupéfaite de voir qu'un être aussi répugnant pouvait avoir autant de sympathie pour son monde et ses habitants, Hoérra ne fut pas avare de détails pour décrire au mieux l'endroit qu'elle avait quitté à regret.
Elle allait lui dépeindre les grandes plaines de savanes remplies de gazelles lorsqu'elle s'aperçut que Marty avait de la bave qui coulait de ses lèvres.
Ce n'est pas vrai ! Il n'a pas d'empathie pour nous et les animaux, il a de l'appétence !

Comme Hoérra avait arrêté net son savoureux récit, Marty se rendit compte qu'il salivait beaucoup trop pour que cela passe inaperçu.

D'ailleurs, Razi et Polias avaient déjà posé une main sur leur épée.

— Ah ! Quel dommage d'arrêter ton délicieux exposé ! Je peux imaginer d'ici les biches courant dans les bois, leurs tendres cuisses se mouvant à chaque bond. Je peux pratiquement ressentir la jouissance de sentir mes dents se planter dans leurs chairs encore frétillantes de leur palpitante fuite.

L'odeur du sang chaud qui coule le long de mes lèvres... ah ! Tu ne sais pas le bonheur que tu viens de me procurer. Mais, je dois t'avouer un de mes petits secrets : toutes les chairs de biches ou d'antilopes ne valent pas celle d'une tendre jeune fille.

Alors que le monstre s'avançait à pas de velours, Razi se plaça aux côtés d'Hoérra. Il sortit sa lame en s'écriant :

— Marty, laisse-nous partir avec la petite et il ne te sera fait aucun mal !

La puissante queue de scorpion écarta Razi, sans que le visage de Marty change d'expression.

Le choc fut si violent qu'il en tomba à terre sur-le-champ.

Inerte, le gardien gisait aux pieds d'Hoérra.

Sans un mot, Polias se jeta sous le ventre de lion et planta sa longue épée, incisant la bête de sa crinière à ses pattes arrière.

Une légère grimace s'imprima sur le visage de Marty, mais aussitôt un malin rictus effaça toute trace de souffrance.

On a l'impression qu'il vient d'être piqué par un moustique et non d'être éventré !

— Ta besace, Hoérra !

À peine sa main avait-elle plongé dans le sac qu'elle sentit l'énorme épée qu'elle avait reçue chez les Nutons.

Sans la sortir, elle s'en saisit fermement.

Le monstre n'était à présent qu'à quelques centimètres d'elle.

— Je me régale d'avance.

Il ferma les yeux et ouvrit grand la gueule, prêt à planter ses dents jaunes dans la peau rosée de sa proie.

Sans réfléchir, Hoérra tira l'épée avec fougue et une fois la pointe tendue vers le ciel, fit redescendre sans plus attendre la lourde lame sur son prédateur.

Un bruit sec retentit dans la plaine, la tête de Marty roula à terre, gardant son air de stupéfaction figé à jamais sur son visage buriné.

Hoérra, épée à la main, regardait le sang qui dégoulinait de son arme en se demandant si c'était bien elle qui avait abattu froidement ce monstre.

— Hoérra, attention ! s'écria Anochi qui déjà se jetait sur la jeune fille.

Pensant la chose impossible, elle aperçut le puissant dard de scorpion se dresser face à elle.

Mais, je viens de la décapiter, il est mort !

Il s'ouvrit telle une fleur se donnant au soleil et expulsa à pleine vitesse plusieurs fléchettes.

Hoérra en vit une se diriger droit sur elle avant qu'Anochi ne se jette sur elle afin de tenter un évitement.

Sous la violence de la collision d'avec le Monokéros, la jeune fille s'effondra au sol telle un sac de chiffon, demeurant ainsi inerte.

Razi, qui venait à peine de reprendre connaissance, appréhenda, en une fraction de seconde, la situation.

La besace d'Hoérra était à ses pieds. Discrètement, il se hissa jusqu'à elle et en ressortit l'agate peau de serpent qu'avaient offerte les Chevaux ailés.

Avec force, il la fracassa sur la queue de scorpion. À son contact, le dard se referma. Prise de violentes secousses, elle se désarticula de douleur avant de s'enrouler sur elle-même. Un processus de putréfaction se mit en route de manière prématurée, et en quelques minutes, l'appendice se détacha du reste de la bête pour s'écraser, gisante, au sol.

Aussitôt, le corps éventré de lion lâcha lui aussi prise et s'effondra de tout son long sur la terre froide de la plaine grise.

— Hoérra ! hurla Mister Trusty.

Il se précipita vers le frêle corps et découvrit abasourdi l'état de son amie, mais aussi celui du Monokéros.

— Les fléchettes que lance le dard de Marty sont mortelles ! Qui a été touché ? demanda Polias, recouverte du sang de la bête.

Sans attendre de réponse, elle aperçut le gorfou et le gardien à genou en train d'observer les silhouettes inanimées d'Hoérra et d'Anochi.

Mister Trusty chuchota :

— J'ai vu Anochi se jeter sur Hoérra pour la protéger. Il a reçu deux flèches et Hoérra a été effleurée par l'une d'elles.

Mister Trusty prit dans ses nageoires le frêle corps de l'enfant, pendant que Polias enveloppait, de ses doux bras, le courageux Monokéros.

Dans un dernier effort, Anochi leva les paupières et souffla :

— Dans la besace, il y a l'élixir de tortue. Hoérra m'a dit qu'un Leprechaun le lui avait offert en échange d'un service qu'elle lui avait rendu.

Razi sauta sur le sac et en ressortit triomphant un petit flacon en forme de chélonien.

L'euphorie, qui avait surgi à l'annonce de l'inespéré antidote, retomba aussitôt dès l'apparition de la fiole :

— Mais… il n'y en aura jamais assez pour deux !

Lorsqu'Hoérra se réveilla, elle découvrit le visage grave de ses amis.

En voyant les yeux rougis de Polias, elle tenta de la rassurer :

— Je vais bien ! Ne t'inquiète pas, elle m'a juste frôlée.

Rapidement, elle comprit que les larmes qui coulaient sur les joues creuses de Razi n'étaient pas pour elle.

Tous pleuraient Anochi.

Elle se précipita vers lui, arrachant le pauvre corps des bras de Polias.

— Anochi, que se passe-t-il ?

— Je vous attendais pour notre dernier au revoir, ma douce amie.

J'ai été honoré de me battre à vos côtés. Je voulais vous remercier d'avoir décelé en moi ce que j'avais si longtemps ignoré et d'y avoir cru avant tout le monde.

Vous êtes un être merveilleux, Hoérra, et ne laissez jamais personne vous faire penser le contraire. Je dois partir maintenant. Adieu et merci.

Dans un dernier soupir, sa douce tête retomba dans les bras tendus de la jeune fille.

— Anochi ? Anochi !

Les appels déchirants d'Hoérra résonnèrent à travers la chaîne de montagnes.

Tsip, qui observait la scène, se mit à hurler à la mort.

— C'est fini pour lui. Il n'y a plus rien à faire, conclut Razi, qui essuya ses larmes en se relevant.

— Alors, c'est comme ça ? À chaque combat, on va abandonner les êtres qui nous sont chers comme de vulgaires tas de chiffons ? Comme s'ils n'avaient jamais compté ? Hors de question ! hurla Hoérra.

Elle posa délicatement le corps inerte du Monokéros sur son manteau et ordonna à Tsip :

— Tu m'aides !

Avec sa lame et surtout les deux puissantes pattes du Cerbère, elles creusèrent une fosse assez grande pour être la dernière demeure du Monokéros.

Elle enveloppa délicatement son corps inerte dans son manteau et le déposa tendrement au fond du trou froid et sombre.

Une fois la terre remise en place et une croix de fortune installée, Hoérra déclara :

— Ce rituel est factice pour vous et sûrement pour toi aussi, Anochi. Mais c'est ma seule façon de t'exprimer, une dernière fois, mon attachement.

Tu as été mon premier (et sûrement l'unique) ami qui m'a accepté, moi, Hoérra. Je sais que tu m'aimais comme j'étais et je n'ai jamais eu le sentiment d'être obligée de jouer un rôle avec toi pour que tu m'apprécies.

Tu as toujours eu le mot juste pour m'apaiser… Tu vas cruellement me manquer.

Je vais devoir continuer ma route sans tes précieux conseils et ta sagesse sans égale.

Alors qu'elle n'avait pas versé une larme jusqu'à présent, sa voix se cassa et sa vue se brouilla :

— J'ignore si je pourrai avancer sans toi.

Tu m'as sauvée en te plaçant entre moi et ces épines. Je te fais la promesse que ta vie n'aura pas été prise en vain ! Je jure par Styx que j'accomplirai mon destin. Le peuple des deux mondes saura que si nous nous en sortons, ce sera grâce à toi.

C'est toi, Anochi, le héros ! Et c'est moi qui te remercie.

Sa voix se brisa et Mister Trusty la rattrapa de justesse lorsque ses jambes perdirent toute vitalité.

— Je suis désolé, mais nous ferons notre deuil en marchant, car nous devons continuer, chuchota Mister Trusty aux oreilles de son amie éplorée.

Le gorfou plaça Hoérra sur le dos du Cerbère. Le trio partit devant, alors que Polias ramassait discrètement le flacon en forme de tortue.

— Tu ne vas rien lui dire ? demanda, irrité, Razi.

— Non, cela ne changerait rien et je suis certaine qu'Anochi aurait désapprouvé qu'Hoérra sache qu'il avait une chance de s'en sortir grâce à l'élixir, mais qu'il a ordonné qu'on la donne à Hoérra pour être sûre qu'elle survive, rétorqua sèchement la gardienne.

— C'est dommage ! Ça lui aurait peut-être mis un peu de plomb dans sa cervelle de sale gamine.

— Tais-toi et avance ! grommela Polias.

Razi se raidit. C'était la première fois que son amie lui parlait avec tant de froideur. Il décida de ne pas riposter en se rassurant que ce comportement était les conséquences de la perte d'un être valeureux et unique… *à moins que ce ne soit cette étrange gamine qui vient perturber mon petit univers. Après tout, rien ne serait étonnant lorsque l'on connaît ses vies… enfin surtout une.*

CHAPITRES IX

En notre pouvoir

La dernière phrase qu'avait prononcée Elden face au petit comité qui l'entourait semblait être restée en suspens. Il observait les visages graves qui lui faisaient face et, pour la première fois, il y découvrit une expression qu'il ne leur connaissait pas.
Au début, il n'avait pas réussi à l'identifier.
C'était déstabilisant, car il pensait les connaître par cœur.
Il faut dire qu'il entretenait ces amitiés, ou alliances, depuis des siècles et des siècles.
Pour la plupart, il pouvait l'affirmer : il les connaissait depuis la création des deux mondes.
Soudain, une image se figea dans son esprit et il y vit immédiatement plus clair.
L'expression qui déformait ces visages, habituellement sereins et harmonieux, Elden l'avait vu sur Jerm, juste avant son exécution.
Il s'agissait de la peur.

Après l'assassinat du malheureux gardien, Elden avait eu besoin d'un long moment pour assimiler l'information que lui avait transmise cette macabre mise en scène.

Depuis la nuit des temps, lui et ses compères se pensaient réellement immortels, et tous les combats qu'ils avaient menés n'étaient que pour protéger les autres.

Ils pouvaient être salement blessés et très diminués, mais jamais ils n'avaient eu à s'en faire pour leur propre vie.

Il avait dû admettre que dans ces circonstances, il était aisé de jouer au héros. À présent, les règles du jeu étaient différentes, d'ailleurs il ne s'agissait plus de jouer, mais de sauver leurs pauvres carcasses.

Longtemps, Elden avait été véritablement persuadé que jamais Zéhira ne parviendrait à obtenir un quelconque accord avec Epha. Il fallait être fou pour pactiser avec le néant.

Depuis qu'il existait, c'était bien le seul élément qui restait totalement inconnu à Elden.

Les quelques bougres qui avaient tenté une approche n'étaient plus de ce monde pour en parler. Ils avaient tout simplement disparu sans que l'on sache où Epha les emmenait.

Comment Zéhira a-t-elle réussi ce tour de maître ?

Le regard terrorisé de Dara le tira de ses sombres pensées.

— Je ne suis pas sûre d'avoir saisi ce que tu viens de nous dire, Abgar.

Elden comprit qu'il allait devoir être plus clair, car il n'avait pas le temps de leur laisser digérer l'information comme lui l'avait fait. Avant de reprendre la parole, il se rendit compte qu'il demandait l'impossible à ses alliés, mais pour avoir une infime chance de survie, ils devaient être plus réactifs que lui.

— Je comprends que vous ayez du mal à assimiler cette nouvelle. Nous nous pensions tous réellement immortels, mais Zéhira a réussi par je ne sais quel stratagème à nous rendre mortels.

Elle a exécuté Jerm sous mes yeux.

Pour être extrêmement clair : Zéhira peut nous exterminer si elle le désire.

— Et crois-moi, elle le désire ardemment.

La voix ferme et posée d'Elina avait brisé le lourd mutisme du groupe.

Avant de prévenir tous les autres gardiens, Elden avait tenu à rassembler les plus proches et les plus fiables. Ils n'étaient que quatre face à lui.

Trois femmes et un jeune homme.

Dara, habituellement si sereine et confiante, était assise à même le sol. La tête rentrée dans les épaules, elle balayait de ses grands yeux noirs le sol sans réellement le regarder. De là où il se trouvait, Elden ne voyait que sa longue et épaisse chevelure bouclée se balancer de droite à gauche, laissant éclater au gré de ses mouvements de flamboyants reflets dorés.

La deuxième femme du groupe, Elina, se tenait debout, tendant tous ses muscles.

Sa mâchoire crispée durcissait les traits d'un visage diaphane. Ses yeux noir et bleu étaient fixés sur Elden et seuls ses grands cheveux noirs bougeaient avec le vent.

Le jeune homme s'approcha d'elle et fut tenté de la prendre dans ses bras, mais croisant son regard rempli de hargne, il se garda d'entrer en contact avec elle.

— Tu n'as pas l'air de te rendre compte, Silas. Zéhira est devenue toute-puissante et nous ne sommes pas assez armés pour nous défendre. Nous sommes impuissants, chuchota la troisième femme.

— Béthanie a raison, acquiesça Elden, enfin… en partie.

Tous les regards se tournèrent vers lui.

Béthanie, qui était très proche d'Elden, comprit immédiatement où voulait en venir son acolyte.

Rejetant sa longue chevelure rouge en arrière, elle s'exclama :

— Tu n'y penses pas, j'espère ?

Lorsque je t'ai suivi dans ton plan, je ne savais pas ce que Zéhira était devenue… comme elle est actuellement, sinon jamais je ne t'aurais aidé dans cette entreprise plus que bancale !

Laisse la gamine en dehors de ça, tu vas la tuer. Ou plutôt, tu vas l'anéantir, elle ne pourra plus jamais se réincarner.

Elden esquissa un sourire rempli d'empathie :

– Béthanie, tu t'es beaucoup attaché à Hoérra, lorsque tu étais son "Pot d'colle", mais il n'y a pas d'autre solution.

Penses-tu réellement que j'agirais de la sorte si j'avais d'autres options ? D'ailleurs, si vous en avez, je suis preneur !

Dara rabaissa la tête, immédiatement suivie d'Elina et de Silas.

Béthanie s'efforça de défier son ami du regard, mais ses yeux noirs s'emplirent de larmes.

— Elden, qu'avons-nous fait ?

— Nous ? Rien ! Seule Zéhira est fautive du triste sort qui attend Hoérra, mais je te garantis que je tenterai tout ce qui est en mon pouvoir pour que ce monstre n'arrive pas à ses fins.

À ses mots, Silas releva la tête dégageant ainsi son jeune visage de ses boucles blondes. Il bomba son torse sculptural et s'exclama :

— En notre pouvoir ! S'il faut périr, Abgar, ce sera un honneur d'être à tes côtés !

Vive Abgar !

Voyant que le reste du groupe s'était relevé et que tous acquiesçaient, il leva le poing vers le ciel et hurla :

— Vive Hoérra !

CHAPITRE X

Madame

Le moral des troupes était au plus bas depuis plusieurs jours.

Hoérra restait enfermée dans son mutisme, suivie docilement de Tsip qui gémissait doucement.

Polias battait froid Razi qui ne cessait de maugréer, et Mister Trusty semblait comme absorbé par leur quête. En agissant de la sorte, le gorfou parvenait à occulter toute sa tristesse suite à la perte d'Anochi.

Il leur fallut plusieurs jours pour traverser une épaisse forêt noire et se retrouver au pied d'un immense escalier de pierre.

En levant la tête, Hoérra découvrit que ces marches menaient à une vaste bâtisse en ruine, juchée sur un mont de plusieurs mètres de haut.

Comme un château fort, les quatre coins de la forteresse étaient arrondis par des tours reliées entre elles par des remparts.

Sentant un frisson la parcourir, Hoérra demanda :
— On peut pas contourner le château ?
— Si tu veux aller faire la bise aux habitants qui hantent cette forêt, n'hésite pas. Moi, je préfère la compagnie d'Esav et de sa famille, argua Razi, qui déjà s'élançait dans l'étroit escalier.
Comme pour appuyer ces dires, d'horribles grognements surgirent de la forêt.
Polias suivit le gardien, mais Hoérra remarqua qu'elle était devenue blême lorsque Razi avait prononcé le nom d'Esav. Méfiante, la jeune fille talonna la gardienne à qui elle faisait tout de même plus confiance qu'à Razi.
Si elle a peur de ce qui nous attend en haut, alors moi aussi !
Dans un élan d'angoisse, elle voulut se saisir de la ceinture des Amazones pour se redonner un peu de courage, mais Mister Trusty l'en empêcha :
— Tu ne dois t'en saisir que lorsque c'est vital pour toi, car son énergie rayonne puissamment et tu serais localisée rapidement si tu t'amusais à la porter tout le temps ; de plus, tu te sous-estimes beaucoup trop, Hoérra.
Anochi a raison : tu es un être exceptionnel et tu es capable de grandes choses… si tu te fais un peu confiance.
Hoérra eut du mal à retenir ses larmes. Régulièrement, elle avait la sensation que le Monokéros allait surgir derrière elle en lui donnant un petit coup de corne amical.

Elle ne supportait pas la souffrance qu'elle éprouvait lorsqu'elle se rappelait que plus jamais son ami ne serait près d'elle.

Cette séparation la torturait jusqu'à en ressentir des douleurs physiques.

Silencieusement, le groupe gravit une à une les marches irrégulières et bancales qui les menaient vers le lugubre sommet.

Arrivée en haut de l'escalier, Hoérra constata qu'une nuit noire avait remplacé la lueur grise qui ne quittait habituellement jamais la zone sombre du Chalari. Seul un astre lunaire diffusait ses rayons gris-argentés.

Alors que le groupe se dirigeait vers une grande porte en bois, Polias souffla :

— Bon, quand faut y aller...

Hoérra se demanda quel type de créature pouvait hanter ces lieux.

Quel monstre peut autant l'angoisser ? Car jusqu'à présent elle a terrassé des Oiseaux d'acier, un Kraken et un Manticore sans sourciller.

Lorsqu'ils poussèrent les deux immenses battants en bois, un lourd grincement retentit. Ce son atomisa le peu d'espoir qu'Hoérra avait de passer inaperçue.

Sans grand étonnement, ils se retrouvèrent dans la salle d'entrée d'un château moyenâgeux. Face à eux se dressait un vaste escalier qui desservait un étage tout aussi sombre et miteux que son rez-de-chaussée.

De poussiéreuses tapisseries pendaient mollement sur des murs de pierre luisant d'humidité, et quelques torches accrochées de-ci de-là tentaient vainement d'éclairer ce lieu plongé dans les ténèbres.

Une voix chaude, à l'accent pompeux, s'éleva alors des premières marches des escaliers :

— Bonsoir. Qui dois-je annoncer à Madame ?

Malgré la pénombre, Hoérra distingua une silhouette qui devait mesurer environ un mètre de haut sur un mètre cinquante de large.

C'est quoi encore comme bestiole ?

Comme personne ne répondit à sa demande, le "majordome" s'avança vers le groupe, se plaçant ainsi dans la lumière d'une des faibles torches.

Son visage d'homme maintenait une expression neutre alors que ses huit pattes ne cessaient de remuer d'impatience.

Un homme-araignée… j'aurais tout vu !

Par chance, même si le gabarit de cette "araignée" était remarquable, Hoérra appréciait les arthropodes, tous les arthropodes y compris ceux de la catégorie des aranéides.

Alors, elle se détendit légèrement et afficha un petit rictus en pensant qu'Athéna "la grande guerrière" était visiblement arachnophobe.

Sans surprise, Razi répondit qu'ils souhaitaient simplement passer sans déranger "Madame", car une longue route les attendait. Ils ne voulaient surtout pas fatiguer "Madame" par leur visite impromptue et donc quelque peu discourtoise.

Même si Hoérra avait compris depuis longtemps que le gardien était un habitué de ces lieux sombres et lugubres, elle avait aussi perçu qu'il n'y était pas autant à son aise qu'il aimait le faire croire. À présent qu'elle le connaissait un peu mieux, il lui était évident qu'il jouait un rôle face aux êtres qui peuplaient ces terres funestes.

— Les ordres de Madame sont on ne peut plus clairs : aucun visiteur ne passe sur son domaine sans se présenter à elle. Veuillez donc me suivre.

Surgissant de nulle part, quelques congénères du majordome s'approchèrent d'eux accompagnés d'aranéides semblables à leurs cousines diplostiennes.

Ainsi poussé, le groupe s'engagea dans l'escalier et suivit l'homme-araignée à l'étage.

Hoérra s'attendait à ce qu'il les invite à pénétrer dans un petit boudoir réchauffé par de légères flammes sortant d'une cheminée ancienne auprès de laquelle se tiendrait, dans un moelleux fauteuil, une vieille araignée dont le buste humain serait guindé dans un corsage.

Replaçant sa perruque poudrée, elle aurait prié ses invités à se joindre à elle pour une tasse de thé.

Complètement à côté de la plaque… comme d'hab !
Le majordome leur intima de rester debout au milieu d'une immense pièce sombre.

Cette pièce n'avait pas besoin de torches puisqu'elle était dépourvue de plafond. Ainsi, la pleine lune diffusait ses rayons d'acier aux quatre coins de la lugubre salle de bal.

— Comment cela se fait-il que notre ami Razi ait voulu passer notre territoire en catimini ? Tu ne nous aimes plus ? demanda une voix féminine et suave.

— N'allez pas vous en offusquer, Madame. Je ne voulais surtout pas vous importuner. Ma visite ne vous étant pas annoncée à l'avance, je ne souhaitais pas vous mettre dans l'embarras. Mais, je suis ravi de voir que vous êtes non seulement toujours aussi hospitalière, mais surtout encore plus charmante que lors de notre dernière rencontre, ma très chère Esav.

Razi s'était exprimé en baissant lentement la tête, gardant une posture légèrement révérencieuse.

Le reste du groupe se tenait en retrait, surtout Polias qui avait disposé habilement sa capuche pour ne pas être vue.

"Madame" se déplaça pour apparaître à son tour dans les rayons argentés.

Contrairement à ce que s'était imaginé Hoérra, elle n'avait pas devant elle une vieille aristocrate, mais une jeune femme magnifique.

Vêtue d'une simple cape à capuchon, elle en avait recouvert le haut de son crâne dissimulant ainsi sa chevelure.

Son visage diaphane, aux traits délicats, était perlé de larmes qui semblaient ne jamais tomber.

Ses mains étaient jointes sur une sorte de chapelet qui entourait ses deux poignets graciles. Cela lui donnait des airs de madone.

Son imposant corps arachnéen mesurait pratiquement trois mètres de haut. Il était noir et strié de fines lignes bleu nuit. Sur son abdomen était inscrit "עכביש"[12].

Malgré son expression de calme, ses huit pattes, à elle aussi, trépignaient d'impatience.

— Vil flatteur !

Pendant qu'Esav se gaussait, Hoérra observait plusieurs dizaines d'araignées qui descendaient des murs pour approcher de plus près ces invités inattendus.

À l'image du majordome et d'Esav, elles avaient des bustes de femmes, d'hommes, mais aussi d'enfants.

Il y avait également beaucoup d'espèces d'aranéides qui ressemblaient à des faucheuses, des mygales et même des tarentules.

Hoérra admira une araignée sauteuse qu'elle trouvait trop mignonne avec ses quatre grands yeux.

— Mais qui m'amènes-tu ? demanda Esav sans cacher sa curiosité.

— Oh, ce ne sont que quelques connaissances à qui j'avais promis de faire visiter les endroits les plus authentiques du Chalari, rien de plus, bredouilla Razi.

Sans crier gare, une veuve noire avait tendu une de ses pattes pour ôter le capuchon de la tête de Polias.

---

[12] עכביש : Araignée

Un murmure d'indignation parcourut l'assistance arachnéenne.

Esav hurla :

— Polias ! Comment oses-tu te présenter en ces lieux ? Quelle audace ! Remarque, cela ne m'étonne guère, lorsque l'on sait les horreurs que tu m'as fait subir à moi, mais aussi à ma famille !

Emparez-vous d'elle !

Je ne peux pas te tuer, mais je te garantis que tu vas pouvoir profiter du cadre dans lequel tu nous as condamnés à vivre. Conduisez-la dans les geôles. Et qu'elle n'en ressorte jamais !

"Madame" était hors d'elle. Son visage blanc avait pris des teintes rouges et sa queue s'était dressée telle un dard de scorpion.

À présent, la pièce grouillait d'araignées et toutes se dirigeaient vers la gardienne.

Alors que ces dernières commençaient à s'emparer de Polias, celle-ci tenta de s'en sortir par la diplomatie :

— Je te conjure de m'écouter, Esav ! Tu penses que tu es enfermée ici par ma faute, mais je t'assure que je n'y suis pour rien ! Je n'ai pas monté les humains contre vous, c'est Zéhira.

Demande aux peuples de la zone blanche ! Tous te diront qu'elle a agi de la même façon avec eux. Je te supplie de croire que je n'ai jamais voulu vous faire de mal !

— Ah, oui ? Et pourquoi ton cher ami Abgar ne nous a-t-il pas aidés lorsque nous nous sommes retrouvés poursuivis, torturés et tués par les hommes ?
Pourquoi seule Zéhira est venue à notre secours ? Pourquoi nous avoir remisé dans cet endroit sombre et lugubre ? Nous n'étions pas assez bien pour vivre du côté blanc ? Nous ne sommes pas aussi lumineux que vos Seelies, mais nous ne sommes pas des monstres, pourtant toi et les tiens vous nous avez traité comme tels !
— Abgar ne savait pas ce qui se passait, il était absorbé par un autre problème que Zéhira avait créé. Quand il a eu vent de vos soucis, il était trop tard, Zéhira vous avait déjà offert une place ici.
Crois-moi, nous sommes de votre côté.
Mais les derniers mots de Polias se perdirent sous la masse arachnéenne qui maintenant l'ensevelissait.
Prise de panique, Hoérra fourra sa main dans sa besace espérant y trouver un quelconque secours.
Mais à peine eut-elle le temps de sortir le premier objet qu'elle avait saisi qu'une énorme araignée lui sauta sur le dos la plaquant ainsi violemment à même le sol.
Sous l'effet du choc, Hoérra lâcha l'objet échappé de son sac.
Elle entendit un bruit de ferraille qui roulait sur les dalles de pierre.
Je ne sais pas ce que c'était, mais ce coup-ci c'est fichu. Jamais je n'arriverai à remettre la main sur ce maudit objet au milieu de toutes les pattes velues !

Les araignées s'étaient emparées de Polias et d'Hoérra alors que le reste du groupe tentait vainement de repousser l'attaque arachnéenne. Cela ressemblait à un océan agité de vagues déferlantes redoublant d'assauts.

Le bruit de pattes courant dans tout les sens était assourdissant et Hoérra peinait à entendre les gémissements de Polias ou les aboiements de Tsip.

Soudain, toutes les araignées se figèrent.

Hébétée, Hoérra, toujours au sol, releva la tête pour comprendre ce silence inattendu.

Elle découvrit que tous les aranéides fixaient le ciel qui se fendait d'énormes éclairs dorés.

Aussitôt, un tonnerre retentissant résonna dans la salle.

Instantanément, toutes les araignées s'enfuirent en courant, laissant derrière elles leurs proies.

Hoérra se redressa et alla aider Polias qui était sonnée.

Faisant le tour de la pièce, elle s'aperçut que même Esav avait pris la fuite.

— Tu peux courir, Polias ? demanda Razi inquiet.

La gardienne se contenta d'un hochement de tête.

— Alors, on se casse !

Tous se ruèrent vers l'unique porte et traversèrent les ruines au pas de course sans croiser une seule âme vivante.

Une fois assurée d'avoir mis assez de kilomètres entre elle et le château, Hoérra demanda à faire une halte pour reprendre son souffle :

— Pourquoi Esav en avait après toi, Polias ?

— Tu dois connaître Esav sous le nom d'Arachné dans la mythologie grecque. Ce mythe est une des nombreuses œuvres de Zéhira. Elle me fait passer pour une déesse jalouse d'Esav. Dans son récit, la déesse Athéna humilie Arachné. Désemparée, Arachné se pend, mais Athéna lui redonne vie sous la forme d'une araignée.

Bien évidemment tout cela est un tissu de mensonges, mais le mythe a créé une haine des araignées chez les humains. Et tu connais la suite : les hommes se sont mis à tuer en masse le peuple d'Esav qui a dû fuir dans le Chalari.

— Je comprends mieux, mais vous savez ce qui s'est passé dans la salle, l'orage ? C'est Elden, enfin Zeus, qui nous a aidés avec la foudre ?

Cette question enfantine eut le don de faire décompresser le reste du groupe qui éclata d'un rire sincère.

— Non, c'est pas Zeus qui nous a aidés, mais un être encore plus puissant, répondit Polias une fois qu'elle eut essuyé ses larmes.

Voyant que la jeune fille ne comprenait rien, elle finit par lui avouer :

— C'est toi qui nous as sauvés !

Tu as pris le Vajra dans ton sac et lorsque celui-ci se tourne, il déclenche des éclairs et du tonnerre.

Et les araignées ont peur de l'orage !

Simple, mais redoutablement efficace !

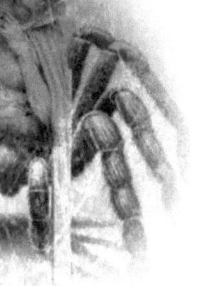

CHAPITRE XI

Ôtez l'épine du pied royal !

— Tu sais pourquoi on est tous convoqués, toi ?
Sahar remua discrètement la tête en signe de négation afin que les autres gardiens ne le perçoivent pas.
Sahar, qui pensait être proche de Zéhira, n'aimait pas reconnaître qu'elle n'était pas au fait de toutes les confidences de leur cheffe.
Certes, si elle se comparait à Mar ou Armen, elle avait une bonne place et Zéhira la tenait en estime, mais elle n'avait pas non plus les privilèges de Kitra ou Rahel.
Avec Tali, Sahar était un peu la cinquième roue du carrosse et cela ne lui plaisait guère.
Elle savait le sort que Zéhira réservait à Mar et Armen lorsque cette dernière serait l'ultime souveraine des deux mondes et Sahar se demandait souvent si elle et Tali n'allaient pas subir la même destinée funeste.
Pendant des siècles elle n'avait jamais douté de l'importance de sa place au sein de ce groupe

machiavélique, jusqu'à ce fameux jour où elle avait assisté à l'extermination de Jerm. Elle n'avait jamais aimé ce freluquet qui s'était attribué les mérites de réussir à faire le lien avec tous les gardiens et de protéger les humains. Toujours dans les pattes d'Abgar, il ne savait pas quoi faire pour briller devant ce vantard qui se faisait passer pour le dieu suprême.

Elle n'était pas mécontente que ce béni-oui-oui n'existe plus, mais aussitôt elle et Tali avaient compris que Zéhira, en possédant cette arme, avait pris l'ascendant sur leurs ennemis, mais aussi sur elles !

Si sa mémoire était bonne, elle se souvint avoir suivi Zéhira dans ses plans à cause d'Abgar. Ce dernier l'avait quittée sans ménagement au prétexte qu'il ne parvenait pas à oublier Kitra.

Rapidement, l'apitoiement avait laissé place à la colère. Une colère que Zéhira avait non seulement perçue, mais qu'elle avait surtout réussi à transformer en une redoutable énergie malveillante.

Depuis ce jour, Sahar ne pensait qu'à une chose : plus jamais aucune femme ne devait souffrir à cause d'un homme.

Du coin de l'œil, elle observait Tali qui avait l'air de se ronger les sangs.

Tali avait rejoint Zéhira uniquement par amitié pour Sahar. Si Sahar partait, elle la suivrait sans aucun doute… enfin, ça, c'était avant ! Avant de savoir qu'à présent le seul moyen de quitter Zéhira était l'extermination.

Sahar étudia le petit groupe qui s'était massé devant la grande porte.

Elle tenta de se rassurer en voyant que Kitra était des leurs, ainsi que Rahel.

Il était impossible que Zéhira décide d'exécuter son bras droit ou encore son lieutenant.

En revanche, la présence de Mar et d'Armen n'était pas bon signe.

En les convoquant tous ainsi, Zéhira faisait passer le message qu'ils étaient tous dans le même sac.

Restait à savoir si ce "sac" était de luxe ou mortuaire.

Lorsque les portes s'ouvrirent en grand, Kitra joua des coudes :

— Laissez-moi passer, notre reine a besoin de moi.

Rahel la talonna.

La suite du cortège fut évidente : Sahar, Tali, suivi de Mar et Armen toujours bons derniers.

Zéhira se tenait debout, devant son trône.

Les quatre femmes et les deux hommes se précipitèrent pour faire leur plus belle révérence pour indiquer leur profond respect :

— ZÌTO ZÉHIRA !

— Relevez-vous, car l'heure est grave !

Ainsi, le ton était donné.

Du coin de l'œil Sahar vit Mar et Armen reculer légèrement et devenir blêmes.

Les épaules basses, ils étaient transis de peur.

C'était curieux d'observer ces deux êtres sculpturaux à la carrure imposante se retrouver de cette façon prostrés et rabougris.

Kitra, elle, tenta de ne rien laisser paraître. Son attitude laissait même croire qu'elle était totalement au courant de la situation, mais Sahar savait que si cela avait été le cas, Kitra ne partagerait pas humblement le même espace qu'elle. Non, elle la toiserait de haut aux côtés de Zéhira !

Il n'y avait que Rahel qui avait l'air sereine.

Il faut dire que c'était bien la seule qui avait une confiance aveugle envers leur cheffe.

Avec Tali, Sahar se moquait souvent en assurant que Rahel se serait jetée dans le néant sans réfléchir si Zéhira le lui avait demandé.

— J'ai à mes côtés les plus grands des gardiens : Mar, pendant des siècles les humains t'ont nommé Poséidon voyant en toi le dieu impétueux des mers.

Armen, tu as été le géant Pallas pour eux, rien que ça !

Tali, ou devrais-je t'appeler Astéria, tu as été celle qu'ils ont choisie pour interpréter leurs rêves et tes cheveux noirs ont été associés à la nuit étoilée.

Sahar, ils t'ont élevé au rang d'astre lunaire sous le nom de Séléné.

Et Rahel, Déméter, la mère capable de tout pour son enfant. Kitra, que dire de toi, ma chère ? Tu as été l'égale de Zeus à leurs yeux. Il est évident que tu es celle en qui ils ont vu la plus forte de toutes, la déesse la plus redoutable de toutes, même plus que moi !

Kitra voulut se défendre de cette injustice humaine et rétablir la vérité sur la gardienne la plus puissante de tous, mais Zéhira n'était pas d'humeur à recevoir des compliments :

— À écouter les Hommes, j'ai avec moi les meilleurs, les plus vigoureux, les plus malins !

Alors comment se fait-il que je découvre avec effroi qu'ils n'ont même pas eu vent du plus gros des pièges qu'est en train de me tendre Abgar ?

Le lourd silence qu'imposa Zéhira fut difficile à supporter. De quoi pouvait-elle donc bien parler ? Qu'est-ce que ce fourbe d'Abgar avait encore manigancé ?

Sahar se mit à penser qu'il était pire qu'un tardigrade !

Cela faisait des siècles qu'ils tentaient de l'anéantir, de le mettre hors-jeu, mais elle avait l'impression que non seulement ils avaient échoué, mais qu'en plus chaque épreuve avait rendu leur adversaire plus fort.

Pourtant ce n'était pas avec la poignée de misérables gardiens qui le suivait qu'il pouvait faire autant de prouesses.

Pensive, elle chuchota :

— Je me demande bien quelle est son arme secrète ?

Zéhira, à qui rien n'échappait, répondit à sa question par un seul mot :

— Hoérra.

Sahar devint blême, elle sentit le sol se dérober sous ses pieds.

Un rapide coup d'œil à Tali lui fit comprendre que son amie vivait les mêmes troubles qu'elle.

Sentant tous les regards sur elle, Sahar reprit le peu de contenance et d'aplomb qu'elle pouvait avoir :

— Hoérra ? Cette gamine qui est dans le Diploste ?

Le hochement de tête grave de Zéhira lui permit de faire pénétrer son regard noir et dur dans celui, apeuré, de Sahar. Ses liserés bleus étaient si étincelants de haine que Sahar pensa que sa fin était imminente.

Dans un ultime espoir, elle tenta :

— Mais comment peut-elle être un obstacle ? C'est une gamine on ne peut plus banale et je me suis assurée qu'elle était bien acculée dans sa dépression lorsque j'ai quitté le Diploste. La dernière fois que j'y suis allée, elle était terrée chez elle, totalement apeurée face au monde qui l'entourait.

Sahar se rappelait très bien de cette fois où Zéhira l'avait convoqué pour lui dire qu'il fallait surveiller de près une enfant dans le Diploste, car elle ignorait pourquoi, mais Abgar et les siens avaient l'air de lui tourner autour.

Sahar avait trouvé le moyen de s'immiscer dans la vie quotidienne d'Hoérra sous les traits d'une petite blonde nommée Nathalie. Avec l'aide de Tali, elles avaient réussi à monter tout un groupe de gosses qui lui vouait un culte et qui surtout adorait pourrir l'existence d'Hoérra afin de satisfaire leur idole, Nathalie.

Elle avait beaucoup apprécié cette période.

Il était tellement facile de manipuler les Hommes : les enfants étaient d'une maniabilité sans fin et les adultes d'une stupidité sans fond !
Elle n'avait jamais eu le moindre remords de faire endurer un tel calvaire à une enfant, car, à ses yeux, tout humain était encore moins intéressant qu'un tas de larves grouillant sur un cadavre.
Et Hoérra faisait partie des pires spécimens qu'elle avait pu rencontrer : trop émotive, empathique, et surtout curieuse ! Son besoin de tout connaître et de tout savoir exaspérait au plus haut point Sahar.
Elle avait vraiment pris plaisir à anéantir cette petite punaise.
Mais alors, pourquoi Zéhira lui parlait-elle d'elle à présent ?
Dépitée de voir autant d'incrédulité dans le regard de sa subordonnée, Zéhira perdit patience.
Un hurlement inhumain sortit de sa bouche en même temps qu'une épaisse fumée s'extirpait de son collier.
Sahar allait connaître le même destin funeste que Jerm. Tétanisée, elle ne parvint plus à lever la moindre objection. Resignée, elle attendait son sort.
La profonde voix de Kitra s'éleva :
— Zéhira, voudrais-tu avoir l'extrême bonté de me donner la parole avant d'exterminer cette larve ?
Intriguée, la déesse suprême porta son attention sur Kitra.
La fumée du collier se figea et rapidement, elle reprit place dans le bijou.

Ayant repris sa posture courbée afin de signifier sa soumission, Kitra adopta une intonation douce mais claire :

— Tu as raison, Zéhira, nous ne te méritons pas. Les victoires que tu as remportées, tu ne les dois qu'à toi seule et nous, pauvres fous que nous sommes, n'avons fait qu'en récolter les fruits.

Nous avons conscience de la chance que nous avons d'être du bon côté : celui de la force et de la vérité. Nous croyons en toi bien plus qu'en nous-mêmes et jamais aucun mot ne sera assez fort pour t'exprimer notre reconnaissance. Merci de nous avoir choisis, nous, parmi tant d'autres.

Je comprends aisément ta rage envers Sahar qui n'a visiblement pas fait le travail que tu attendais d'elle. Il est évident qu'elle doit être punie. Si nous n'avions pas un enjeu aussi important, j'avoue que le sort que tu souhaites lui infliger aujourd'hui serait tout à fait justifié.

Sahar tressaillit en entendant Kitra. Naïvement, elle avait imaginé que sa comparse allait prendre sa défense et l'aider à la sortir de ce bourbier, mais elle était en train de faire l'exact inverse : cette traîtresse plaidait pour l'anéantir !

Comment Sahar avait-elle pu penser que les gardiens qui se tenaient à ses côtés étaient des alliés ?

À présent, elle ne voyait que des êtres sans cœur qui, au mieux, étaient indifférents à son sort.

Elle posa un regard sur la faible Tali qui, tétanisée, était incapable de prendre parti pour son amie. Muette, elle observait la scène comme une spectatrice pétrie d'angoisse attendant le dénouement de l'intrigue.

Lorsque Kitra sentit qu'elle avait toute l'intention de Zéhira, elle reprit :

— Malheureusement, il me semble que ton courroux, plus que justifié, doit être légèrement reporté. Une lutte acharnée nous attend et nous avons besoin de tout le monde. Si nos renseignements sont bons, et je suis certaine qu'ils le sont, Abgar monte lui aussi une armée. Alors certes, il s'enlise dans une mélasse constituée d'êtres faibles qui n'ont pas eu le courage ni l'intelligence de prendre place à tes côtés lorsque l'occasion leur en a été donnée, mais nous ne pouvons pas négliger cela.

Sahar en est la preuve vivante : la négligence peut être lourde de conséquences, ô ma reine.

Kitra avait le don de calmer les terribles colères de Zéhira. Sahar avait une théorie sur ce phénomène : elle disait qu'entre personnes assoiffées de revanche, de haine et de violence, elles se comprenaient mieux que quiconque.

Zéhira soupira :

— Tu as raison, ma sage Kitra.

Sahar, tu peux remercier la clémence de Kitra, mais je te préviens que ce sera la dernière chance que tu auras !

Allez, laissez-moi seule, j'ai à faire !

— ZÌTO ZÉHIRA !

Le groupe ressortit sans jamais tourner le dos à leur reine qui se tenait la tête dans les mains comme si cet épisode l'avait épuisée.

Mar, qui l'observait, se demanda si l'épaisse fumée noire qui s'échappait de son collier n'était pas étrangère à cette subite fatigue.

Si tel est le cas, je tiens sûrement son talon d'Achille, à cette peste !

Une fois la porte refermée, Sahar et Tali soufflèrent de soulagement, mais la colère de Kitra les figea :

— Qu'est-ce que vous avez trafiqué toutes les deux ? Décidément, vous n'êtes vraiment que des bonnes à rien ! Vous devriez rejoindre le camp des bras cassés pendant que vous en avez encore la possibilité, car votre place est avec eux !

À ses mots, Sahar sentit une indignation monter en elle :

— Pour qui te prends-tu pour me parler de la sorte ? Ce n'est pas parce que Zéhira boit tes paroles que tu peux te permettre de nous prendre de haut ! Souviens-toi que la seule chose qui nous lie tous ici, c'est la haine que nous portons à Abgar.

Sentant la tension monter, Rahel intervint avec calme et fermeté :

— Il suffit toutes les deux ! Vous n'allez pas vous battre comme de vulgaires humains, tout de même ? Nous valons mieux que cela. Utilisons plutôt notre temps à bon escient : résumons ce qui vient de se passer de façon pragmatique. Zéhira nous a fait part d'un problème et ce problème se nomme Hoérra. Visiblement, Sahar et Tali, vous êtes les seules à la connaître, alors expliquez-nous qui se cache derrière ce prénom fantasque et surtout pourquoi Zéhira la voit comme une épine plantée dans son pied.

Ainsi nous pourrons peut-être comprendre ce que nous devons faire pour exterminer définitivement cette contrariété qui mine notre reine.

Mais le récit de Sahar et Tali n'éclaira pas le reste du groupe sur ce qu'ils allaient devoir faire pour éradiquer le problème au plus vite s'ils ne voulaient pas, eux aussi, subir la colère de leur cheffe.

En les convoquant de la sorte, Zéhira avait fait passer un message très clair : Hoérra était devenue le problème de tous. Et cette petite peste pourrait bien être la cause de leur anéantissement.

Sur ces certitudes, le groupe se dispersa pour tenter de trouver d'autres indices auprès de leurs indicateurs respectifs.

Tous partirent les traits tirés et le front bas, tous sauf Mar. Ce dernier était ravi de sa récente découverte, car après tout, cette bataille qui se préparait entre les deux camps ne l'intéressait guère. Lui, ce qu'il voulait, c'était le pouvoir. Il lui fallait juste espérer que Zéhira pulvérise Abgar. Une fois la basse besogne accomplie, Mar pourrait à son tour s'emparer du trône. Tout simplement, il lui suffisait d'attendre le bon moment.

CHAPITRE XII

À nouveau seule

— On va faire une pause ici, je dois voir des amis, déclara Razi en jetant ses affaires sur le sol sec et poussiéreux.
Le groupe qui avait marché pendant de nombreux jours se tenait à présent à la lisière de ce qui semblait être un Nouveau Monde.
Curieux ! Elden ne m'a pas parlé d'une troisième zone.
Derrière eux se dressait l'obscure forêt dans laquelle ils avaient évolué ces derniers jours, alors que devant eux s'étendait à perte de vue une sorte de désert au sable noir éclairé par un astre rougeâtre caché par un disque sombre. Seuls des rayons carmin s'échappaient de ce brise-vue sphérique.
— Des amis ? Ici ? s'inquiéta Mister Trusty.
— Tu devrais venir faire un tour dans cette zone de temps à autre, Viridus, tu serais étonné de voir le nombre d'êtres

délicieux qui peuplent ces lieux ! railla Razi en s'éloignant, laissant planer dans son sillage son rire tonitruant.

Ignorant le gardien et ses réflexions sarcastiques, Polias se tourna vers Hoérra :

— Ma pauvre poulette ! Tu es complètement usée. Tu dois absolument te reposer, car, malheureusement, le plus dur est à venir. On n'a fait que l'échauffement, là.

La jeune fille observa la gardienne avec méfiance.

Depuis quand elle me parle comme ça ?

Rapidement, elle se reprit en se rappelant que si elle voulait être tout à fait honnête, Polias lui avait déjà manifesté cette bienveillance : au début de leur rencontre, sur le mont Olympe.

Hoérra se souvint de l'euphorie que la gardienne avait exprimée en la voyant. Elle avait même dit : "Elle est parfaite !", lorsque Mister Trusty l'avait présentée en des termes peu flatteurs : "seulement Hoérra ".

Leur relation avait très bien démarré, mais sans que la jeune fille ne comprenne pourquoi, Polias l'avait prise en grippe. Elle n'avait cessé de lui reprocher une multitude de défauts, notamment (celui totalement abscons !) de ne pas réussir à lui cacher ses pensées.

Ces derniers temps, la gardienne avait l'air de s'être quelque peu adoucie et surtout elle ne se moquait plus de ses introspections.

Alors qu'Hoérra était plongée dans ses réflexions, elle observa Polias qui se tenait devant elle. Sourire aux lèvres, cette dernière semblait attendre une réponse.

— Euh... d'accord, je vais me reposer un peu alors.
— Parfait ! Tiens, prends mon plaid ; les nuits sont encore fraîches à l'orée de la forêt. Bonne nuit, ma belle !
Alors que Polias tournait les talons pour laisser Hoérra tranquille, la jeune fille s'entendit l'interpeller malgré elle :
— Polias ?
— Oui, ma poulette ? Il te faut autre chose ?
— Non, non, tout va bien, mais je me pose une question.
— Je t'écoute. Je ne sais pas si je pourrais y répondre, mais je ferai de mon mieux.
— Pourquoi ?
— Pourquoi, quoi ?
— Pourquoi ces changements d'attitude envers moi ?
Au début de notre rencontre, tu as été adorable et j'étais ravie d'avoir une amie dans ce monde étranger. Mais, petit à petit, j'ai commencé à t'agacer, pour finalement t'insupporter au plus haut point, alors que je n'avais rien fait !
Et maintenant, tu redeviens aussi douce qu'au premier jour.
Alors, pourquoi ?
Polias s'installa à côté d'Hoérra et prit un peu de temps avant de répondre. Il était tout à fait inhabituel de la voir si sérieuse et pensive.
Encore une facette de la gardienne que j'ignorais !
Mais au fait, où est passé son sarcasme ? Ça fait belle lurette qu'elle aurait dû me dire : Ah, bravo ! Quelle

perspicacité, mademoiselle Hoérra ! Et c'est ça qui doit nous sauver de la fin des mondes ? Autant se suicider tout de suite ... ou quelque chose dans le genre.

Polias était toujours plongée dans ses réflexions et elle n'avait pas réagi lors des dernières pensées négatives d'Hoérra.

La gardienne soupira :

— Tu n'imagines pas à quel point j'aimerais te parler ! Te parler vraiment, je veux dire, et t'ouvrir mon cœur. Mais si j'agissais de la sorte, je nous mettrais tous en danger.

Je peux tout de même te dire que si j'ai agi ainsi, c'était uniquement pour te protéger.

Il fallait absolument que tu parviennes à bloquer tes pensées, car si Abgar et moi pouvions les lire, Zéhira le pouvait tout autant !

Ça aurait été alors un jeu d'enfant pour elle de nous repérer, mais surtout de connaître une grande partie de notre plan.

Depuis plusieurs jours, je ne parviens plus à lire aucune de tes pensées… et pour tout te dire, cela me manque un peu !

Elle tapa du coude le bras d'Hoérra en lui faisant un clin d'œil.

Un fou rire les emporta pendant de longues minutes.

Polias reprit en s'essuyant les yeux :

— Sans blague, tu n'imagines pas les fous rires que j'ai dû réprimer quand tu t'énervais après moi ! Je crois que ce qui m'a le plus fait rire, c'est lorsque tu me traitais de gourde. Par contre, je dois t'avouer que je ne faisais pas ma maligne au moment où tu as pensé dire à Lamassu que je n'étais pas ton amie et qu'elle pouvait me manger !

Tu ne t'en souviens pas, mais je n'ai à aucun moment été ton ennemie.

Il est vrai que nous n'avons jamais entretenu des liens aussi profonds que ceux que tu as eus avec Viridus, mais j'ai toujours été à tes côtés.

Et puis, je dois te confier quelque chose : je ne connaissais pas Hoérra et il faut dire qu'au début tu ne montrais que ton côté "madame je sais tout" et ta facette pleurnicharde. Ces deux aspects de ton caractère m'ont aidée à te tenir à distance.

Mais petit à petit, j'ai découvert une fille pétillante, d'une rare intelligence et surtout beaucoup plus vaillante qu'elle ne le pensait.

J'ai appris à te connaître et à t'apprécier et si je suis entièrement honnête, je dois admettre que j'aime beaucoup Hoérra... peut-être même plus que celle que tu as été avant.

La jeune fille fut terriblement troublée par les aveux de Polias. L'unique question qu'elle parvint à formuler fut :

— Donc, tu ne lis plus dans mes pensées ?

— Plus personne ne lit dans tes pensées, Hoérra. Tu peux être tranquille et reprendre tes ruminations là où tu les avais laissées.

Sur ces paroles, la gardienne se leva en conseillant à la jeune fille de prendre un peu de repos bien mérité.

Étonnamment, Hoérra ne fut pas soulagée des révélations de Polias, au contraire, elle se sentit à nouveau seule.
Le galet que lui avait offert Mister Trusty ne fonctionnait pas dans cette partie du Chalari, et cela la rassurait de savoir que quelqu'un, dans la troupe qu'elle suivait, pouvait entendre la petite voix dans sa tête lorsqu'elle avait peur.

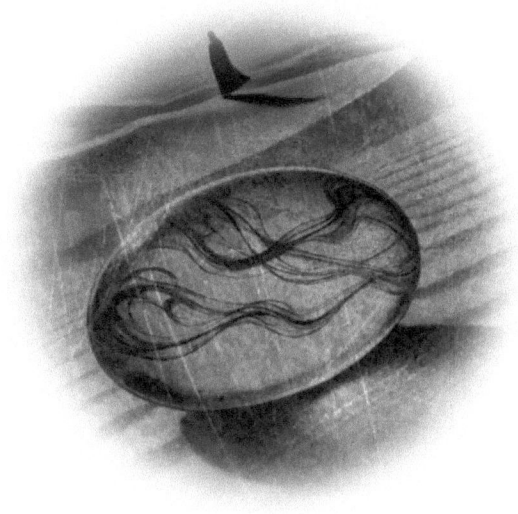

CHAPITRE XIII

L'enfer du Tartare

— C'est quoi cet enfer ?
Le groupe avait repris la route lorsque Razi fut revenu de sa mystérieuse visite chez ses "amis" et qu'Hoérra eut suffisamment récupéré.
Depuis quelque temps, la jeune fille ne demandait plus où ils se rendaient ou même où ils se trouvaient, mais le panorama qui se déroulait sous ses yeux était si terrifiant que la question s'échappa malgré elle.
Hoérra avait cessé d'avancer et comme à son habitude, Razi passa devant elle sans s'arrêter :
— Bienvenue à Zéhiraland !
— Zéhira a un monde ? Enfin, je veux dire : un territoire à elle, dans le Chalari ?
— Oui et non, tergiversa Mister Trusty.
Alors qu'ils reprirent leur marche, le gorfou tenta d'apporter un peu plus de précision à sa vague réponse :

— Disons que notre très chère Zéhira a quelque peu accaparé une partie de la zone sombre. Et pour s'y sentir complètement à son aise, elle l'a réaménagée.
Razi tendit la main vers le désolant paysage :
— Quelque peu ? Elle a carrément privatisé les trois quarts du sombre, tu veux dire ! Qu'en penses-tu, Hoérra, Zéhira devrait elle se reconvertir dans la décoration d'intérieur ?
Bien évidemment, cette question sarcastique n'attendait aucune réponse.
Hoérra ne parvenait pas à détacher son regard de cette région aride, brumeuse, sans vie et monotone.
Au loin, elle percevait de longues cheminées qui crachaient une lourde fumée charbonneuse.
Le sol noir était troué d'étangs glacés, de lacs de soufre ou de poix bouillante.
Rapidement, ils arrivèrent près d'un fleuve boueux entouré de marécages à l'odeur nauséabonde.
— Va falloir passer dans les marais si on ne veut pas faire de mauvaises rencontres.
— Qui peut bien vivre dans ce fleuve immonde ?
— Campé, ma parole ! Cette gamine ne sait vraiment rien ! s'exclama Razi qui déjà s'engageait dans l'eau putride.
À l'annonce du mot "Campé", Hoérra se souvint qu'elle avait entendu ce prénom dans la mythologie. Dans ces livres, c'était la gardienne du Tartare. Elle ressemblait à une femme recouverte d'écailles, aux cheveux hirsutes de

serpents. Elle avait comme animal de compagnie un scorpion qui se promenait sur ses épaules.

Effectivement, on va éviter d'aller faire la bise à Campé. Bonne idée, Razi !

Mais rapidement, lorsqu'elle fut immergée jusqu'au cou de mélasse vaseuse et fétide, Hoérra se ravisa en pensant que la geôlière du Tartare ne devait pas être si terrible que cela. Ce périple méphitique sembla durer des heures à la jeune fille.

Elle ne fut pas mécontente lorsqu'une fois de retour sur la terre ferme (*et surtout sèche* !), elle constata que le marécage était à présent derrière elle.

Mais aussitôt, elle regretta les terrains boueux lorsqu'elle regarda devant elle.

Elle pensait cela impossible, mais le nouveau paysage qui se présentait à elle était maintenant apocalyptique.

L'air était âcre et suffocant.

Des torrents de lave s'écoulaient violemment autour de ruines antiques et les quelques colonnes et frises qui subsistaient à la verticale branlaient à chaque assaut de ces tsunamis écarlates. La moiteur du marais avait laissé place à une aridité extrême et les températures étaient insupportablement élevées.

Hoérra sentait la chaleur envahir sa trachée à chacune de ses respirations.

On dirait un sauna géant !

Découvrant l'effarement dans le regard de la jeune fille, Razi s'esclaffa :

— Oui, je suis d'accord avec toi : Zéhira s'est surpassée sur ce coup ! Je pense qu'elle a voulu nous rejouer l'apocalypse, je ne vois que ça. Mais, quand on la connaît, ça n'étonne pas : Madame aime la démesure et le grandiose !

Entre deux coulées de lave, le gardien s'immobilisa. Il semblait hésiter sur la direction à prendre.
Il se tourna vers Polias :
— Tu ferais quoi, toi ?
— Sincèrement ? Les deux sont des coupe-gorges. Peut-être qu'à droite, elle dormira. Elle a le sommeil lourd et on pourra passer sur la pointe des pieds.
— Tu as raison ! De toute manière à gauche, on n'a aucune chance : elle nous déchiquetterait la gamine en un rien de temps. Hoérra ! C'est le moment de prier… euh… qui tu veux, mais sois efficace ! Il faut vraiment que l'autre dorme, sinon…
Sinon quoi ?
Alors qu'ils se dirigeaient vers "celle qui devait dormir", le groupe tenta tout de même d'élaborer un plan d'attaque "au cas où".
Au cas où quoi ?
— Si vous voulez, je pourrai reprendre ma forme de Sylphe. Ainsi, je l'occuperai dans les airs, proposa Mister Trusty.
Polias approuva :
— Parfait ! Razi, tu te positionneras sur sa droite et moi sur sa gauche. Tsip, tu te sens de lui faire face ?

La bête aboya en signe d'affirmation.

— Euh… et moi ? Je fais quoi ? demanda timidement Hoérra.

— Toi ? Tu te caches, tu pries pour qu'on s'en sorte et tu attends sagement. De toute manière, tu ne sais pas faire mieux que ça, si ? répondit méchamment Razi.

Préoccupé par la suite des événements, le reste de groupe ne pensa pas à venir à son secours.

Rapidement, ils arrivèrent dans un endroit pierreux qui tranchait avec le paysage environnant.

Hoérra se rendit compte qu'ils étaient encerclés comme s'ils se tenaient dans le cratère d'un volcan.

Au détour d'une paroi de basalte, un puissant souffle retentit. Aussitôt Hoérra se remémora sa rencontre avec Derkonai, le vieux Drākōn qui ronflait dans sa caverne.

Ah ! Si c'est un Dragon, je connais !

Rassurée, la jeune fille pressa un peu le pas pour découvrir à quel Drākōn ils avaient affaire et la réponse ne tarda pas.

Alors que le groupe passait sur la pointe des pieds sans demander son reste, Hoérra, stupéfaite, se planta devant la bête qui expirait puissamment.

Devant elle dormait un monstre beaucoup plus imposant que tous les Drākōns réunis.

Son énorme corps serpentin semblait interminable tant il était enroulé sur lui-même.

Mais cela aurait pu ne pas effrayer Hoérra si ce corps titanesque n'était pas rattaché à neuf colossales têtes !

— Éloigne-toi ! Son haleine est chargée d'un poison mortel pour toi ! chuchota Polias.

Mais Hoérra ne parvenait plus à bouger, elle était pétrifiée par ce qu'elle avait reconnu comme l'Hydre de Lerne.

Mister Trusty se posta devant elle sous sa forme sylphide afin de faire le moins de bruit possible :

— Hoérra, il faut que tu nous suives, vite !

— Je ne peux pas, répondit la jeune fille à voix haute.

— Mais quelle empotée ! s'écria Razi en dégainant son épée.

Les quatre mots prononcés par Hoérra avaient été suffisants pour éveiller la bête, et visiblement, cette dernière avait le réveil mauvais !

En un instant, le groupe s'était mis en position d'attaque : Razi à la droite de l'Hydre, Polias à sa gauche et Mister Trusty dans les airs.

Tsip poussa avec vivacité Hoérra pour pouvoir se placer face au monstre, comme prévu.

Sous la pression du coup, son corps heurta les roches, ce qui eut comme bénéfice de sortir Hoérra de sa torpeur.

Qu'est-ce que j'ai encore fait ? C'est plus fort que moi, je ne peux pas m'en empêcher, je fais toujours tout foirer ! Le plan était pourtant simple : on passait sur la pointe des pieds pendant qu'elle dormait ! Mais non, la bécasse Hoérra n'a rien trouvé de mieux que de se foutre devant ses neuf trombines et de parler à voix haute, comme si l'Hydre était sourde !

Alors qu'elle se flagellait, Hoérra observait ses amis se battre pour qu'elle garde la vie sauve.

Rapidement, les coups d'épée secs et précis des gardiens donnèrent des résultats : sur neuf têtes, ils en avaient déjà tranché quatre et Tsip n'était pas en reste puisque le molosse en était à sa troisième gueule arrachée, alors que les deux dernières étaient agacées par Mister Trusty dans les airs.

Finalement, ça va être expéditif cette affaire ! C'est bien Razi, ça : en faire tout un plat pour pas grand-chose.

Alors que Polias rabattait sa lame sur la huitième tête, Hoérra vit les sept cous, qui jusqu'au présent étaient immobiles et baignant dans leur sang, s'agiter.

À une vitesse prodigieuse, sur chaque cou se formèrent deux nouvelles gueules.

— Allez, la récréation est terminée, mes p'tits gars ! Les choses sérieuses commencent ! s'exclama Razi qui déjà s'acharnait sur les repousses.

Mais bien sûr ! Je suis vraiment stupide à ce point ? L'Hydre de Lerne, patate : coupe une tête et deux nouvelles se créent.

Observant la rapidité d'exécution de ses amis, Hoérra calcula qu'il ne faudrait pas longtemps pour que ces derniers soient submergés par le nombre de gueules menaçantes.

C'est une opération suicide, ils n'y arriveront jamais ! Impossible de toutes les décapiter avant qu'elles ne reprennent vie.

Soudain, une réminiscence de ses livres sur la mythologie s'imposa : u*ne seule tête ne repousse pas et elle est nimbée d'or.*

Nerveusement, Hoérra se mit à étudier les gueules de plus en plus nombreuses pour trouver l'unique mortelle.

Il lui fallut du temps pour la reconnaître, car non seulement elle n'avait que très peu d'or sur le dessus du crâne, mais en plus une multitude de têtes immortelles s'appliquaient à l'entourer pour la protéger.

— Tranchez celle qui a le point doré ! s'écria la jeune fille à ses compagnons.

— Bien vu, Sherlock ! Tu crois qu'on essayait de faire quoi jusqu'à présent ? hurla Razi.

En observant la scène, Hoérra constata que, seuls, ses amis n'avaient aucune chance d'anéantir la bête.

Il faudrait un super guerrier comme Hercule.

À ces mots, elle se rappela une histoire qu'elle avait lue : il était dit que le feu empêchait les têtes de repousser.

Aussitôt, Hoérra se saisit de l'épée des Centaures et l'envoya à Polias.

— Ça, c'est une idée, ma poule ! s'exclama la gardienne qui déjà décimait des dizaines de gueules qui gisaient inertes au sol.

Mais une seule épée de feu était insuffisante et rapidement Razi et Tsip commencèrent à montrer des signes de faiblesse.

Je dois intervenir. Quitte à mourir, autant y aller avec panache !

Avant de foncer dans le monticule de têtes baignant dans leur sang, Hoérra plongea la main dans sa besace et en ressortit la ceinture d'Hippolyte.

Effectivement, il faut être au moins une amazone pour avoir le courage de courir droit vers ce carnage.

Alors qu'elle allait se précipiter au secours de ses compagnons, Hoérra remarqua que tous étaient lacérés par les coups de gueule qu'assenait inlassablement l'Hydre.

Je ne survivrai pas deux secondes sans une bonne protection.

C'est à ce moment que, sans qu'elle lui en donne l'ordre, sa main s'empara de la peau de Némée qui était dans son sac.

Une fois la ceinture accrochée à sa taille et la fourrure disposée sur ses épaules, la jeune femme se mit à courir droit vers le monstre en hurlant de tout son être.

Cet acte eut le don d'interpeller l'Hydre qui se demanda pourquoi ce petit être à la tête de feu s'époumonait et gesticulait dans tous les sens.

Comme toutes ses têtes immortelles étaient occupées à mordre sans relâche tout ce qui se trouvait sur leur passage, il ne lui restait que la mortelle pour pouvoir observer de plus près ce drôle de vermisseau.

Constatant que ce dernier n'était pas armé, la bête pensa qu'elle ne risquait pas grand-chose à s'approcher du rejeton avec sa gueule mortelle. De toute manière, il ne lui faudrait que quelques secondes pour l'attraper et savoir quel goût pouvait bien avoir ce genre d'insecte.

La tête au point doré piqua donc à une vitesse prodigieuse vers une Hoérra hurlante.

L'hydre salivait déjà à l'idée d'avoir en bouche cette drôle de bête.

Elle ouvrit grand la gueule, mais une vive douleur l'empêcha de la refermer.

Intriguée, elle tourna vers Hoérra plusieurs de ses têtes immortelles pour voir ce qui se passait.

Effarée, elle découvrit que le vermisseau avait planté dans son palais une longue épée.

Ce coup fut fatal pour la tête qui tomba lourdement à terre dans un fracas assourdissant.

Rapidement, Polias l'acheva en tranchant de sa lame de feu les têtes immortelles. Ainsi cautérisés, les cous restèrent inertes, gisant dans un océan de sang.

— Comment as-tu fait ? demanda Mister Trusty

— J'ai juste pris au dernier moment l'épée des Nutons.

Cette épée qui se bat toute seule m'a sauvé la vie ! s'exclama Hoérra qui n'en revenait pas d'avoir agi de la sorte.

Une fois la dernière tête cautérisée, Polias revint vers le groupe et constata que l'Hydre s'était bien battue.

En effet, tous étaient lacérés de partout, mais celle qui était la plus touchée était Hoérra.

Lorsqu'elle s'était mise à courir vers le monstre, sa léonté avait glissé de ses épaules et la peau se trouvait actuellement au sol à plusieurs mètres derrière eux. Ainsi, elle n'avait pas pu jouer son rôle protecteur. Cela aurait pu aller si lors de sa chute la gueule mortelle n'avait pas écorché Hoérra de tout son long.

Par bonheur, celle-ci n'avait pas l'air de s'en apercevoir.

Alors qu'elle racontait encore et encore son combat triomphal, la jeune fille se rendit compte que ses amis la regardaient étrangement.

— Ben quoi ? Vous n'êtes pas content ? J'ai fait ma part pour une fois, je n'ai pas été inutile, hein, Razi ?

Mais même ce dernier, pourtant habituellement généreux en remarques cinglantes, ne répondit rien. Tous l'observaient, blêmes.

— Il faut que tu retires ta ceinture, Hoérra. Tu sais, trop longtemps…

— Elle peut me faire repérer, oui, je sais. Pas de soucis, les gars, tout va bien ! assura la jeune fille qui déjà quittait l'accessoire.

Mais lorsque le cuir ne toucha plus ses hanches, elle sentit une douleur lancinante l'envahir.

D'instinct, elle observa ses bras : ils étaient lacérés et des lambeaux de peaux pendaient. Inévitablement, elle fit le même constat sur le reste de son corps.

Tout autour d'elle se mit à tourner et la dernière phrase qu'elle entendit, avant de sombrer dans un profond coma, ce fut Razi disant à Polias :

— Rattrape-la !

CHAPITRE XIV

Diploste ou Chalari ?

— Hoérra, tu m'entends ?
La voix lointaine était familière.
C'est maman ? Non.
— Allez prévenir les autres, elle revient à elle.
Luana ? Impossible !
Pour en avoir le cœur net, Hoérra leva ses paupières qui lui semblaient extrêmement lourdes.
Un doux visage de femme était penché au-dessus d'elle. Immédiatement, l'expression d'inquiétude qui tendait ses traits s'apaisa lorsqu'Hoérra murmura :
— Luana ? C'est bien vous ? Alors tout ça n'était qu'un rêve ? Un long, étrange et angoissant rêve ?
Luana lui souriait. Dans un premier temps cette vision la rassura.
Ouf ! Finis la fin du monde, les combats avec ces horribles créatures.
Puis rapidement, son enthousiasme s'estompa.

Finis aussi Mister Viridus, Polias, Elden et tous ces êtres merveilleux qui m'ont tant apporté. Grâce à eux, je me suis sentie comprise et à ma place. Pour une fois, je n'étais pas différente, j'étais auprès des miens.
Évidemment, ça ne pouvait être qu'un rêve !
Ma pauvre Hoérra, l'atterrissage est bien difficile, mais comment as-tu pu penser cinq minutes que tout ceci était réel ? Cette mascarade ne pouvait être que le fruit de ta misérable imagination, sortie de la tête d'une gamine qui est tellement mal dans sa peau qu'elle s'invente carrément une vie parallèle.
Pitoyable, comme d'habitude aurait dit Nathalie… Et dire que je vais les revoir ceux-là ! Nathalie, mais aussi l'école et le divorce de mes parents !
L'idée de voir à nouveau son père et sa mère lui remit tout de même un peu de baume au cœur.
Ils m'ont tant manqué !
Pré-divorcés certes, mais les revoir quand même !
À cette pensée motivante, elle voulut se relever avec vivacité.
J'ai dû tomber dans les pommes pendant une de mes séances psy chez Luana et papa et maman m'attendent dans la salle d'attente.
— Je vais bien, pas de pani…
Impossible de terminer sa phrase et encore moins de se redresser correctement.
Son corps fut comme aspiré par le sol et elle retomba de tout son poids en position allongée.

— Reste calme, Hoérra. Abgar… enfin Elden arrive, chuchota Luana.

Abgar, Elden ? Mais comment ma psychologue qui est bien réelle connaît ce personnage tout droit sorti de mon imagination ? Je deviens folle, c'est pas possible autrement !

Alors qu'elle tentait de trouver des réponses rationnelles à cette situation qui lui échappait entièrement, Hoérra sentit une douleur se diffuser en elle lentement, mais de façon de plus en plus lancinante.

Une chute du haut de son fauteuil dans le cabinet de Luana ne pouvait pas causer ces douleurs si puissantes.

— Redonne-lui un peu d'élixir, Dara, elle souffre encore trop.

— Mais enfin Abgar, tu connais les conséquences ! Regarde-la, ça a déjà fait beaucoup trop de dégâts !

— Nous n'avons pas le choix.

Immédiatement, Hoérra reconnut la chaude voix d'Elden. Plongée dans un demi-sommeil, elle ne parvint pas à parler pour poser les questions qui inondaient toutes ses pensées.

Mais il est bien réel Elden, alors ? Et pourquoi donne-t-il des ordres à Luana, qu'il appelle Dara, d'ailleurs !

Confuses, ces interrogations se mélangèrent dans sa tête sans qu'elle ne réussisse à les prononcer tant son corps endolori était amorphe.

Rapidement, elle sentit un sommeil irrésistible l'attirer à elle.

— Elle va encore nous le jouer longtemps, le coup de la belle au bois dormant ?
— Sois un peu patient, elle fait de son mieux.
— Et ben, c'est pas assez. Va dire ça aux autres ! Car en attendant, eux ils ne perdent pas de temps, je peux te le dire. Mes sources m'affirment qu'ils sont plus que prêts.
Avant de sombrer encore une fois, Hoérra avait entendu la sombre voix de Razi qui passait ses nerfs sur la pauvre Polias désespérée.
Derechef, malgré sa volonté, elle ne parvint pas à lever ses paupières et Morphée s'empara à nouveau d'elle.
Morphée… tu parles !

Lorsqu'elle arriva à sortir de son profond sommeil et à ouvrir les yeux, Hoérra était allongée sur un lit de camp.
Intriguée, elle observa son environnement et se rendit compte qu'elle n'était pas dans le cabinet de Luana, mais sous une tente à la toile blanche.
Le soleil traçait de fins rayons à travers le tissu lumineux.
L'espace ovale était meublé d'un bureau, de plusieurs tabourets, ainsi que de petites tables rondes à trois pieds.
Sur le sol terreux étaient jetés un peu partout de grands tapis aux couleurs chatoyantes.
Tout le monde avait disparu, elle était seule.
Lorsqu'elle s'en sentit capable, Hoérra posa les pieds à terre et décida de faire le tour du propriétaire.
L'endroit était à la fois chaleureux, lumineux et spacieux.

De son lit de camp, elle n'avait pas vu le miroir sur pied qui se trouvait au côté du bureau. Intriguée, elle s'en approcha pour observer son apparence.

L'image qui se présentait à elle était celle d'une femme d'une vingtaine d'années.

Elle avait beau se souvenir qu'elle avait grandi depuis qu'elle était dans le Chalari, elle n'avait pas revu son reflet depuis un long moment.

Affolée, elle sortit précipitamment de la tente dans le but de trouver quelqu'un.

Luana, Dara, Elden, Abgar, Polias, ou même Athéna s'il le faut, mais pitié quelqu'un peut-il m'aider ?

Incapable de distinguer la réalité de l'imaginaire, la jeune femme resta totalement hébétée sur le seuil, tant elle n'en revenait pas de ce qui se passait sous ses yeux.

Devant elle se dressaient à perte de vue des tentes blanches. Telle un véritable camp romain, cette installation était digne de la faste période de César.

— La belle au bois est réveillée ! s'écria Razi.

Ah… il est vrai celui-là, zut !

Rapidement, un attroupement encercla la grande rousse.

Sans surprise, il y avait Elden que tous appelaient Abgar, Mister Trusty, Polias, Razi et Tsip. La foule était aussi composée d'autres personnes qu'Hoérra n'avait jamais rencontrées dans le Chalari ni dans le Diploste.

Il y avait un homme torse nu. Il avait une vingtaine d'années et était grand et musclé. Ses longs cheveux blonds ondulaient sur une cape de velours rouge-rubis. À ses côtés se tenait une femme qui semblait avoir le même âge que l'apollon. Elle avait un teint diaphane et ses longs cheveux noirs et raides encadraient un doux visage. Elle ressemblait à un ange.

Une autre femme retint l'attention d'Hoérra tant par son physique que par son attitude. Elle semblait trépigner et sa longue chevelure rouge voletait sous ses mouvements qu'elle tentait de réprimer.

Promenant ainsi son regard sur cette foule muette, Hoérra s'arrêta net sur un visage qu'elle reconnut : une femme blonde au visage franc et volontaire, Luana. *Mais comment expliquer que ma psychologue, Luana, de surcroît Diplostienne, se tienne devant moi, au milieu de ces inconnus ?*

À présent, Hoérra savait qu'elle était dans le Chalari et maintenant qu'elle avait recouvré ses esprits, elle était certaine que les derniers évènements qui auraient pu sortir de son imagination étaient pourtant parfaitement réels.

Mais alors, que faisait Luana ici ?

C'est pas vrai ? Elle est morte !

Cette certitude ne tint pas longtemps lorsqu'elle comprit en observant le groupe que Luana faisait partie intégrante du clan qui l'entourait. C'était flagrant, ils se connaissaient tous.

— Vous êtes une gardienne, Luana ?

— Bien vu ! J'ai toujours apprécié ta vivacité, ma chère Hoérra. Mais je m'appelle Dara ou Léto, si tu préfères.

Luana, ce n'était que pour te venir en aide dans le Chalari… une idée d'Abgar.

Léto… c'est la déesse grecque qui avait eu le malheur d'être un des premiers amours de Zeus. La pauvre a été harcelée sans relâche par Héra, nouvelle épouse de Zeus, qui ne supportait pas que son mari ait une ex. C'est fou ! Si l'histoire est vraie, je comprends pourquoi elle est aux côtés d'Abgar.

— Et moi ! Tu ne me reconnais pas ? demanda une femme à la crinière rouge feu. Elle fixait Hoérra de ses grands yeux noirs.

Ce regard me dit quelque chose… mais impossible de savoir.

— Ça va mieux comme ceci ?

Le temps de battre des paupières et Hoérra ne se trouvait plus face à la déesse aux cheveux rubis, mais devant un chat noir.

— Pot d'colle ! s'écria la jeune femme qui déjà se jetait sur lui.

Rapidement, Hoérra reprit un peu de contenance lorsqu'elle comprit que le félin aux pattes de velours était aussi (*et surtout !*) une déesse.

Une fois qu'elle reprit forme humaine, la gardienne s'expliqua :

— On me nomme Béthanie ou Hestia. Mais s'il te plaît, continue de voir en moi Pot d'colle, car je suis aussi lui.

Terminant sa phrase par un doux sourire, Béthanie, alias Pot d'colle avait déjà conquis Hoérra.

Elden reprit la parole en désignant l'homme torse nu et l'ange aux cheveux noirs :

— Je te présente également Silas, répondant aussi au nom d'Hélios ; ainsi qu'Élina qui a longuement été nommée Éos. Eux ne sont pas venus à toi dans le Diploste. N'aie crainte, ils ne vont pas se transformer !

L'éclat de rire réchauffa le cœur d'Hoérra qui se jeta dans les bras de son ami Elden :

— Quelle joie de te revoir, Elden ! Tu restes avec nous maintenant ?

— Je suis ravi aussi, miss, même si j'aurais aimé que cela soit en de meilleures circonstances. J'ai fait tout ce que je pouvais faire pour nous aider. À présent, courir par monts et par vaux ne servirait plus à rien. Je suis là et je resterai en ce lieu jusqu'à la fin.

Hoérra fut enchantée de cette information, mais elle dut se rendre à l'évidence : cela n'était pas une si bonne nouvelle à voir les mines dépitées des autres gardiens.

— Que se passe-t-il, Elden ?

— Tu as beaucoup dormi, car ton corps a énormément souffert de ton combat avec l'Hydre de Lerne, et on peut dire que te voir debout devant nous tient du miracle !

Cependant, lors de ta longue convalescence, l'ennemie, elle, n'a pas perdu de temps. Elle a mis sur pied une véritable armée.

On parle de milliers d'Unseelies, de Sylphes, de Dragons, Ichtyocentaures, d'Hippocentaures, de Shâdhahvârs, d'Onagres, d'Autours sombres, de Harpies féroces, de Diables Oiseaux et même de Nycticorax !

Soudain, Māti, sortie de nulle part, piqua droit vers Polias pour se poser délicatement sur les épaules robustes de la gardienne.

"Wheeee"

— Abgar, notre envoyée spéciale a du nouveau pour nous ! Désolée, Hoérra, il faut que nous te laissions quelque temps. Profites-en pour te reposer… tu en auras besoin.

Sur ces derniers mots, une partie du groupe se détourna de la jeune fille pour suivre Polias, Abgar et la Harpie féroce.

— Je croyais que les Harpies avaient rejoint…

— Chut ! Pas si fort ! Si elle t'entend, Māti va t'arracher la tête ! chuchota Béthanie en passant un bras autour des épaules d'Hoérra pour l'inciter à retourner à l'intérieur de la tente.

— Il faut que tu te reposes. Je resterai près de toi et si tu as besoin de parler je suis là, comme au bon vieux temps.

Béthanie perçut le trouble d'Hoérra :

— Tu préfères que je prenne l'apparence de Pot d'colle, peut-être ?

— Oh non, non ! Je suis désolée de paraître aussi distante, mais… ça fait beaucoup d'informations à digérer d'un coup quand même ! Il y a encore quelque temps en entendant la voix de Luana, euh… enfin de Dara, j'ai cru que j'avais inventé toute cette histoire et que j'avais juste fait un malaise dans son cabinet. Alors le retour à la "réalité" est compliqué.

— Je comprends tout à fait et n'oublie pas que je suis sûrement la seule qui ait recueilli autant de confidences de ta part ces derniers temps. Je suis là pour toi, à moins que tu ne préfères parler à Dara ? Après tout, elle a été ta psy.
— Non, merci. Luan… euh, Dara à été d'un grand secours dans le Diploste mais pour moi, elle est rattachée à mon monde d'avant, alors que toi, Pot d'colle… ça me fait bizarre quand même de te voir avec des cheveux rouges !
Un éclat de rire retentit dans la tente et Silas et Elina, qui gardaient l'entrée, furent ravis d'entendre que la sagesse et la compassion de Dara avaient encore fait mouche sur leur petite Hoérra.

CHAPITRE XV

Des explications s'imposent

— Je ne parviendrai jamais à fermer l'œil si on ne m'explique pas certaines choses !
Hoérra avait convoqué son comité privé composé de Béthanie, Polias, Mister Trusty et Tsip. En dehors d'Elden, ces quatre personnages étaient les êtres en qui la jeune femme avait le plus confiance dans ce monde de fous.
Tout ouïe, ils attendaient patiemment que leur amie mette au clair ses pensées :
— Pour commencer, on fait quoi ici ?
Et puis, Elden a dit que des Unseelies avaient rejoint Zéhira, c'est quoi les Unseelies ?
Et les Sylphes, hein les Sylphes, ils sont du côté des méchants maintenant ? Si oui, pourquoi leur chef nous a aidés, alors ?
Et les Dragons ! C'est une blague quand Elden annonce qu'ils sont avec Zéhira ? Y'a pas plus gentil qu'un Drākōn !

Bon après les Hippocentaures, les Shâdhahvârs et les Onagres, ça ne m'étonne pas, même si ça me fait mal de penser que cette peste de Dypistia est de la même race que notre cher Anochi.
Et les Autours Sombres, les Diables Oiseau et j'en passe… il n'était pas avec nous Garuda, leur big boss ? Je rappelle que Simorgh a donné sa vie pour notre combat !
Et je peux savoir c'est quoi les nycticorax ?
Puis baissant la voix elle termina son monologue :
— Et surtout, surtout, je peux savoir pourquoi les Harpies féroces sont du côté de Zéhira, alors que Māti n'arrête pas de traîner dans notre camp ?
Habitué à ce flot de questions, Mister Trusty commença :
— Je peux te parler des Unseelies et des Sylphes, bien évidemment.
Les Unseelies font partie du peuple de Seelies. En quelques sortes, elles sont complémentaires. Tu as pu remarquer que lorsque nous étions chez elles les Seelies étaient exubérantes, dynamiques et joviales.
Et bien, les Unseelies sont l'exact opposé !
Elles sont introverties, tempérées et légèrement taciturnes, mais c'est ainsi que ce peuple a son équilibre. Enfin, c'était ainsi, pour être plus précis. Nora et Lévana, les cheffes, étaient complémentaires et donc parfaites en tout point.
Lévana était le blanc, la pureté et la bonté, et Nora, tu l'auras compris, était son Yin.

Avant que Zéhira ne s'en mêle, tout fonctionnait à merveille, car pour que tout soit en équilibre, nous avons autant besoin de l'un que de l'autre.

Mais Zéhira sait trouver le talon d'Achille des êtres et Nora a été une cible facile.

Elle lui a dit que les Seelies étaient vues comme le bien et par conséquent qu'elle et son peuple étaient le mal, le mauvais… ceux que les humains voulaient éliminer.

À nouveau, tu remarqueras son amour pour diviser systématiquement le bien et le mal. C'est un concept qu'elle affectionne particulièrement.

Bref, convaincue de la véracité des propos de la gardienne, Nora a emmené toutes les Unseelies dans le sombre depuis pas mal de temps maintenant et même si beaucoup n'y sont pas spécialement heureuses, aucune n'ose s'opposer à Nora et encore moins à Zéhira.

Concernant les Sylphes, il s'agit ici d'un problème de pouvoir. Tu te souviens de notre ancien chef, Malo ?

L'image du vieux Sylphe revint à la mémoire d'Hoérra.

— Ce vieux grincheux ?

— Lui-même ! répondit Mister Trusty sans cacher un rictus. Et bien lorsque ce dernier laissa son poste vacant, il y eut une compétition entre Briac et Brennan.

À l'annonce de ces prénoms, Hoérra revit clairement le nouveau chef qu'elle avait rencontré, mais aussi la vision de la femme à la chevelure pourpre et aux ailes noires de jais qu'elle avait eu au pays des Sylphes.

— Tu l'auras compris, Briac l'a emporté, mais Brennan n'est pas une bonne perdante. Piquée au vif, elle décida tout simplement de rejoindre Zéhira dans le but de prendre le pouvoir dans le monde des Sylphes une fois que Zéhira serait maître des mondes.

Enfin, ça, c'est ce qu'elle pense… Et bien sûr, elle n'est pas partie seule, elle a pris avec elle tous ceux qui la soutenaient au poste de chef.

— Pourtant, les Sylphes qui sont restés n'avaient pas l'air très fan de leur nouveau chef !

— Tu as raison, mais par chance, la majorité de mon peuple a été assez intelligente pour comprendre que les plans de Zéhira ne pouvaient pas être en leur faveur. Alors même s'ils n'adhèrent pas entièrement à Briac, ils le soutiennent tout de même, car ils savent que c'est le mieux pour eux.

— Tiens, tiens ! Vous faites une réunion "tupper" sans moi ? demanda Razi qui venait de s'engouffrer sous la tente d'Hoérra sans y être invité.

— Tu tombes bien, toi ! s'exclama Polias, tu vas lui expliquer pourquoi il y a des Drākōns dans le clan de Zéhira et aussi éclaircir le cas des Hippocentaures.

— Si j'avais su … grommela Razi en se vautrant sur un siège au style Empire. Pour les Centaures, j'ai bien eu la confirmation que les Hippocentaures Nessos, Evryption, Homado, Hyléos et Rhoécos ont rejoint l'ennemi. Ils ont emmené tous les Hippocentaures avec eux. Normal ! Ils ne

peuvent pas blairer les humains et les gardiens... faut dire que des fois, je les comprends.
Si c'est pour débiter sa morgue qu'il est venu taper l'incruste, ça va pas le faire !
Voyant l'impatience dans le regard de la jeune femme et l'exaspération de ses consorts, le gardien reprit ses explications avec plus de sérieux et moins d'assurance.
— Bref, concernant les Centaures, je ne sais pas si c'est grâce au béguin que Tum a pour Hoérra, mais tous les Onocentaures se sont ralliés à notre cause. Ils ont même réussi à persuader quelques Bucentaures ! Un véritable coup de maître. Comme quoi l'amour peut faire des miracles !
Cette fois-ci, Hoérra le fusilla du regard.
Razi comprit que la petite fille (et *peste !*) s'était envolée. Même si la jeune femme continuait à cohabiter avec ses vies antérieures, il pressentit que dans très peu de temps Hoérra, la petite Hoérra, cesserait d'être pour toujours.
À cette pensée, il fut attristé et quelque peu effrayé.
Car finalement, il l'aimait bien cette gamine pleurnicheuse : elle lui donnait l'impression d'être presque parfait à côté d'elle.
Mais il était surtout apeuré de savoir que "l'autre" allait revenir, et ça, il n'en avait pas très envie.
Découvrant que tout le groupe l'observait, il tenta de reprendre son air revêche.
En se levant, il se dirigea vers la porte.
Arrivé sur le seuil, il se retourna :

— Ah ! J'allais oublier ! Les Drākōns que tu as vus dans le Chalari sont ceux qui sont de notre côté, mais tu connais aussi ceux qui sont pour Zéhira.

Satisfait de voir qu'il avait piqué la curiosité d'Hoérra, il releva le battant de la porte en toile :

— Il s'agit de ceux que tu as étudiés dans tes livres mythologues ou fantastiques. Ce sont ces monstres horribles et cracheurs de feu que nous allons affronter.

Une fois qu'il perçut la terreur dans le regard de la jeune fille, Razi s'engouffra dans la porte et laissa la toile se rabattre bruyamment.

Il était satisfait de ce qu'il avait vu.

Finalement, la gamine était encore bien présente et il n'aurait peut-être pas trop à se frotter à "l'autre".

La douce voix de Béthanie mit fin au lourd silence que Razi avait laissé peser dans la tente après son départ théâtral :

— Je peux te dire ce qu'est un Nycticorax.

Vers le treizième siècle, les humains disaient que c'était des Oiseaux serviteurs du démon.

Et ils avaient raison, car très vite ils ont rejoint Zéhira. Ils aiment le sombre et la haine. Ils ne se nourrissent que de sang et ne se plaisent que dans la désolation et le chaos. Ils seront des adversaires redoutables.

Polias se racla la gorge :

— Bon, on ne va pas déjà s'avouer vaincus avant même d'avoir essayé, hein ?

— Facile à dire pour toi, tu es immortelle ! rétorqua Hoérra avec un peu plus de hargne qu'elle ne l'aurait voulu.
Puis rapidement, l'image de Māti lui revint en mémoire. Restant sur sa lancée, elle s'exclama :
— Et puis, peut-être que tu n'es pas si inquiète que ça, finalement. Māti t'a peut-être promis une place dans l'autre camp en cas de défaite ?
Polias sembla blessée par les propos d'Hoérra, mais au lieu de répondre avec la même véhémence, elle décida de se justifier avec douceur :
— Māti est toujours avec nous. Elle profite du fait que les Harpies féroces se sont ralliées à Zéhira pour se fondre dans la masse et nous donner le plus d'informations possible sur le camp adverse. Tu sais, cela la peine énormément de voir les siens se fourvoyer autant et je ne parle pas de ses états d'âme lorsqu'elle pense qu'en agissant ainsi, elle trompe les siens. C'est un être extraordinaire et nous avons une chance incroyable de l'avoir à nos côtés.
Bref, concernant le peuple des Oiseaux, de manière générale il n'a pas fait exception et lui aussi s'est déchiré lorsqu'il a fallu choisir son camp.
Tu te souviens que Garuda tentait de limiter l'hémorragie la fois où nous étions dans la forêt Himmapan ? Et bien ils ont, avec Simorgh, fait des miracles, mais malheureusement le chant de Zéhira en a tout de même persuadé quelques-uns.
Et concernant l'immortalité des gardiens…

— Ça suffit Polias, elle n'a pas à savoir, sermonna Mister Trusty.

Étonnamment, la gardienne se tut.

Sans se concerter, le groupe se leva.

— Il faut que tu te reposes maintenant, murmura Béthanie.

Une fois à nouveau seule dans sa tente, Hoérra ferma les yeux. La fatigue était trop grande et rapidement elle sentit le sommeil la gagner.

Juste avant de sombrer, elle demanda à mi-voix :

— Vous n'avez pas répondu : qu'est-ce qu'on fait ici ?

CHAPITRE XVI

Les dés sont jetés

— Ça va, Armen ?
La douce voix de Tali se voulait amicale, mais Armen la repoussa brutalement.
— Tu n'as rien trouvé de mieux à faire que de venir me déranger ?
Il me semble qu'elle nous a dit de nous tenir prêts, non ? Et lorsque je te vois, j'en doute ! Allez, va te cacher derrière Sahar, tu n'es bonne qu'à ça.
Laisse-moi tranquille !
Tali tourna les talons et alla rejoindre son amie comme le lui avait ordonné Armen.
À nouveau seul, le jeune homme put revenir à sa mélancolie.
Zéhira les avait encore convoqués.
Cette fois-ci, elle ne les avait pas menacés. Elle avait annoncé que l'affrontement était imminent et qu'elle leur avait fait fabriquer des armes.

Dans chacune d'elles, Zéhira avait mis un peu de son arme de destruction, celle contenue dans son collier.

Armen remarqua que même en ces temps troublés, leur reine ne laissait rien au hasard, puisque chaque arme avait été modelée à l'image de son futur propriétaire.

Ainsi, Mar se voyait attribuer un trident semblable à celui de Poséidon,

Kitra une couronne, Tali une étoile, Sahar un croissant de lune et Rahel une torche.

Quant à Armen, Zéhira lui avait octroyé une massue.

Le gardien se mit à penser que si Abgar s'amusait à faire de même pour son "équipe", il pouvait lui suggérer un cœur de pierre pour Polias.

L'image de la sculpturale déesse aux cheveux bruns jaillit alors.

Dans un premier temps, le jeune homme ne ressentit que de la haine et de la colère en repensant à Polias, mais rapidement l'apitoiement vint tout balayer sur son passage.

Il se remémora son doux visage orné d'un lumineux sourire. Il avait plaisir à la voir heureuse, il adorait son rire, mais surtout : il l'aimait.

Il l'aimait d'un amour qui le consumait un peu plus chaque jour. Cette passion le rendait fou et il avait imaginé, à tort, en être débarrassé en s'éloignant d'elle.

Il avait passé des siècles et des siècles à ses côtés sans que cette dernière ne se rende compte de rien. Il avait tenté tellement d'approches subtiles qu'il ne parvenait plus à les compter.

Puis un jour, n'y tenant plus, il s'était lancé :
— Polias, je t'aime.
La gardienne avait tourné ses grands yeux noirs vers lui. Elle avait souri. Armen avait pris cela comme un encouragement, alors il s'était avancé vers elle.
Polias s'était à son tour penchée vers lui et avait posé ses douces lèvres sur sa joue :
— Moi aussi, Armen, je t'aime, comme un frère.
Ces mots avaient eu le don de lui arracher le cœur. Depuis ce jour, il sentait que l'espace qui aurait dû abriter cet organe était totalement vide.
Longtemps il l'avait haïe, car c'était plus simple pour lui. Il ne savait pas quoi faire de cet amour dont elle n'avait jamais voulu.
Maintenant, la colère s'était éteinte, mais la douleur de cette passion unilatérale était encore plus vive que lorsque Polias l'avait repoussé, car non seulement Armen n'était pas avec l'être aimé, mais, à présent, il était contre elle.
Zéhira avait été claire : il devait tuer l'amour de sa vie.
  — Je n'arrête pas de me demander ce que je fais là, chuchota Tali.
— Tu n'es pas la seule. Mais je sais pourquoi on ne s'en va pas, répondit Sahar en désignant son cou paré d'un léger sautoir.
Tali comprit que son amie faisait référence au collier que Zéhira portait en permanence, celui qui avait exterminé un gardien en quelques secondes.

Effectivement, elles ne pouvaient cacher plus longtemps que la fidélité qu'elles vouaient à leur reine était tronquée depuis quelque temps et que la loyauté qui les avait motivées jusqu'ici avait mué en soumission peureuse.

Lorsqu'elles avaient vu les armes, elles avaient saisi que le temps du jeu était fini et que maintenant la réalité les dépassait. Elles croyaient très sincèrement que tout cela allait se terminer et que chacun reprendrait le cours de sa vie, bon joueur. Mais visiblement, Zéhira avait perdu tout sens commun et s'était égarée dans des abîmes dont elle ne souhaitait pas ressortir.

Sahar et Tali pensaient que si elle voulait s'anéantir, c'était son problème, mais elles n'étaient pas d'accord pour en être les dommages collatéraux. Or, il était déjà trop tard !

Si elles fuyaient, Zéhira les supprimerait avant qu'elles aient eu le temps de faire dix pas. Et si elles restaient, elles se battraient contre des êtres qui avaient été un jour des amis.

Sahar était chargée d'exterminer Elina et Tali devait venir à bout de Dara.

En prenant cette décision, leur reine montrait qu'elle avait le sens du mélodrame.

En la chargeant d'assassiner Elina, Zéhira savait pertinemment qu'elle lui ordonnait de tuer celle qui fut sa meilleure amie.

Sahar avait mis fin à leur amitié le jour où Elina avait refusé de prendre son parti face à un conflit qui l'opposait à Abgar.

Trahie, Sahar avait vite trouvé du réconfort chez Zéhira.

Quant à Tali, la fragile Tali, leur reine lui imposait de supprimer une des gardiennes les plus fortes : Dara.

Dara avait toujours été aux côtés d'Abgar, elle avait su grandir et se renforcer grâce à celui que les humains nommaient Zeus.

Tali se demanda si, en agissant ainsi, Zéhira ne cherchait pas à se débarrasser d'elle, car il était certain que face à la déesse Léto, la pauvre divinité grecque Astéria ne faisait pas le poids.

Mar ruminait lui aussi pour une tout autre raison que ses comparses.

Le gardien avait eu des palpitations lorsque Zéhira leur avait présenté leurs armes.

Même s'il désapprouvait totalement l'aspect ringard de son nouveau jouet, il était aux anges de savoir qu'il allait enfin avoir une arme à lui.

Soudain, tous ses projets avaient changé.

Plus besoin d'attendre que Zéhira fasse le sale boulot pour prendre le "trône".

Rapidement, le plan se mit en place : dans un premier temps, il exterminerait cette dinde de Zéhira. Il serait sûrement obligé d'en faire de même avec Rahel qui ne supporterait pas de voir la disparition de son mentor.

Pour Kitra, ce ne serait pas nécessaire, mais il le ferait par plaisir. Il prendrait même le luxe de la laisser le supplier avant de regarder cette garce partir en fumée.

Les autres le suivraient comme les moutons qu'ils étaient.

Aussitôt, il se rendrait au camp adverse, feignant une demande de paix.

Jouant sur l'effet de surprise, il en profiterait pour exterminer Abgar.

Une fois ce mollusque hors-jeu, plus rien ne l'empêcherait de régner sur les deux mondes.

Il se voyait déjà faire la pluie et le beau temps avec tous ces misérables gardiens et êtres élémentaux comme serviteurs. Il imaginait Polias en train de lui servir ses repas pendant que Tali lui massait les pieds.

Mais Zéhira avait littéralement anéanti son sublime rêve lorsqu'elle lui avait indiqué que ces petits bijoux leur seraient remis juste avant la confrontation, pas avant.

Après cette annonce, il n'avait plus rien entendu si bien qu'il ne pouvait dire qui Zéhira l'avait chargé de tuer.

De toute manière, cela lui était bien égal, la seule chose qui lui importait était de voir sa "reine" exterminer Abgar, le reste, il s'en chargerait en temps et en heure.

CHAPITRE XVII

L'heure est venue

L'heure est venue.
Depuis qu'elle était réveillée, Hoérra ne cessait d'entendre cette pensée tourner en boucle.
Désormais, cela faisait des jours qu'elle se trouvait dans ce camp. Elle avait eu tout le loisir de s'y promener et même si elle ignorait encore ce qu'elle faisait ici, elle savait que tous les êtres qui se tenaient fébrilement dans leurs tentes attendaient pour aller se battre.
Il n'y avait aucun doute là-dessus, Hoérra avait ressenti cette tension et ce faux calme apparent qui s'insinue avant chaque grand évènement.
Au détour de ses promenades, elle avait pu constater qu'Elden avait, lui aussi, formé une véritable armée.
Ainsi, elle avait pu revoir les Monokéros.
Avec beaucoup d'émotion, elle avait annoncé à Vévaios et Elpida la disparition d'Anochi. Incapable de voir la

souffrance qu'allait infliger cette terrible nouvelle à la famille de son ami, elle leur avait laissé la charge de prévenir ses proches.

Ses retrouvailles avec Innbal avaient été plus légères et agréables.
Toutes les Seelies étaient présentes et Lévana avait une des tentes les plus imposantes du campement. Sa porte était constamment gardée par les Adryades Tilia et Tomène, et Lévana ne sortait jamais.
Hoérra n'avait eu aucune occasion d'échanger avec elle pour la questionner sur l'agrume qu'elle lui avait offert, mais Innbal, fidèle à sa réputation de Seelies, lui avait demandé :
— L'orange que t'a donnée Lévana t'a servi ?
— Je ne sais pas si elle m'a servi, mais je l'ai mangée en tout cas.
— Et rien n'a changé après l'avoir avalée ?
Hoérra avait fouillé dans sa mémoire et elle s'était souvenue qu'elle s'était mise à manger le fruit lorsqu'elle s'était sentie dans l'impasse face à la dernière énigme de la Sphinge.
— Non, je ne crois pas, répondit très sincèrement Hoérra.
— Alors ça ! Ça m'étonnerait beaucoup ! Lévana ne se trompe jamais ! Tu avais besoin de quoi à ce moment-là ?
— D'un sacré coup de bol pour trouver cette énigme impossible !
— Fées, chances…

Voyant que le regard d'Hoérra s'était éclairé, Innbal avait conclu :

— T'es quand même un peu longue à la détente ! J'espère que Lugh, enfin celui que tu appelles Elden, ne fait pas fausse route avec toi !

Comprenant que la remarque avait blessé la jeune fille, Innbal avait voulu se racheter en allégeant un peu leur conversation :

— Et au fait, comment va Polias ?

— Polias ? Elle va très bien, pourquoi tu me demandes ça ?

— T'es pas au courant ? Son frère de cœur se trouve de l'autre côté…

Hoérra n'avait rien compris de ces insinuations.

— Oh là, là ! Faut vraiment tout t'expliquer à toi : pendant des siècles et des siècles, Polias avait une âme sœur amicale, un peu comme toi et Viridus.

— Et il est mort ?

— Pourquoi tu dis ça ?

— Parce que tu dis qu'il est de "l'autre côté".

— C'est pas possible d'être aussi niquedouille, ma parole ! Avant, Polias et Armen étaient inséparables. Tu ne pouvais jamais voir l'un sans l'autre.

— Armen ?

— Oui, l'âme sœur amicale de Polias. Du temps de la Grèce antique, vous appeliez Polias sous le nom de la déesse Athéna.

— Ça va, je suis pas aussi débile que ça !

— Ah quand même ! Alors, tu sais qu'Armen était nommé Pallas.
— Le géant Pallas ?
— Exact ! En définitive, il n'est pas si grand que ça, mais faut dire que quand ils étaient ensemble ces deux-là, ils en imposaient un max !
— Mais, il est où ce Pallas, euh enfin Armen, en ce moment et pourquoi il n'est plus avec Polias ?
Innbal était dans son élément et elle n'avait pas boudé son plaisir pour faire prendre l'air à tous les ragots qu'elle connaissait :
— On raconte qu'il a disparu le jour où il lui a déclaré sa flamme, car Polias l'a rejeté sans aucun ménagement. Mais n'en parle jamais à la gardienne : elle nie tout en bloc et elle assure qu'il n'y a jamais eu de malentendu entre eux et encore moins de déclaration d'amour.
Aujourd'hui encore, elle cherche à comprendre ce qui a pu motiver Armen à couper les ponts avec elle. Et surtout, elle ignore pourquoi il a rejoint Zéhira !
L'effet de cette annonce avait été un choc pour Hoérra.
Elle avait salué Innbal rapidement et était retournée dans sa tente.
Il lui paraissait évident qu'Armen avait bien fait sa déclaration à une Polias qui se trouvait à mille lieues d'appréhender ces sentiments amoureux.
Le désarroi de se sentir ainsi ignoré avait conduit le gardien directement dans la gueule du loup.

Lassée des ragots des Seelies, Hoérra avait décidé de faire un détour lors de ses promenades pour éviter de rencontrer Innbal.

C'est comme cela qu'elle était tombée nez à nez avec une frimousse à la chevelure cuivrée :

— Hoérra !

Cette dernière n'avait pas eu le temps de faire le moindre geste que la petite lionne à la tête de feu lui avait sauté dessus la jetant alors à terre.

Rapidement, le reste de sa famille avait suivi.

— Lamassu et Shedu ! Quel plaisir de vous voir ici !

— Plaisir partagé, ma chérie.

Grâce à cette famille aimante et attentive, Hoérra avait eu le plaisir de reprendre sa place d'enfant et de renouer avec ses habitudes diplostiennes.

Ainsi, elle avait passé le plus clair de son temps avec eux en évitant scrupuleusement les Sylphes, les Chevaux Ailés, les Drākōns, les Baal Alef, les Centaures et même les gardiens, car tous étaient sur le pied de guerre.

Ce n'était pas qu'elle ne les aimait pas -sauf peut-être les Centaures- mais elle avait rapidement choisi son camp entre une ambiance tendue d'avant-guerre et une atmosphère bienveillante et familiale.

— L'heure est venue.

Pour une fois, cette phrase n'était pas dans sa tête : elle avait été exprimée à voix haute juste derrière elle.

Hoérra se retourna et reconnut le Père Rétu accompagné de son fidèle sanglier doré, Gull.

— Vous venez m'apporter encore une épée, Père Rétu ? demanda la jeune fille qui avait vu que le petit homme tenait dans ses mains un torchon à carreau.
— Une épée ? Quelle drôle d'idée ? s'indigna le vieillard en échangeant un regard étonné avec son cochon sauvage. Abgar m'a chargé de te dire que l'heure était venue et j'ai pensé qu'il te fallait reprendre un peu de force pour ce qui t'attend.
D'un geste sec et précis, le Nuton leva le torchon pour laisser apparaître, sous les yeux éblouis d'Hoérra, une merveilleuse galett'à suc !
Tout en mangeant sa pâtisserie, Hoérra demanda si le Raboset et sa famille étaient venus avec lui. Le vieil homme répondit un peu penaud :
— Les Nutons sont des travailleurs, fiers et courageux. Ils sont remplis de qualités non négligeables, mais jamais au grand jamais, ils ne quittent leur contrée.

En arrivant devant Elden et Mister Trusty, Hoérra avait encore du sucre sur les joues.
— Te voilà enfin, miss ! s'exclama le gardien qui, d'un geste affectueux, nettoya de son pouce les pommettes collantes.
— Le Père Rétu m'a dit que l'heure était venue. Ça veut dire quoi ?
Soudain, un grondement sourd s'éleva juste derrière Hoérra.
Intriguée, elle tourna la tête et découvrit que la totalité du camp avait quitté les tentes.

Tous les peuples étaient regroupés en bataillons dans une discipline rigoureusement militaire et géométrique.

Bien sûr, elle reconnut aussitôt tous les êtres qu'elle avait rencontrés dans le Chalari et qui étaient dans le campement depuis un long moment déjà, mais elle fut étonnée de voir qu'au milieu de ces troupes si ordonnées se tenaient gauchement d'immenses sculptures vivantes faites de bois transpercés de clous.

Ces œuvres représentaient des hommes gigantesques, mais aussi d'énormes chiens.

L'un d'eux se retourna vers Hoérra et jappa.

— Les Minkondi et les Minkisi… Incroyable ! Je pensais qu'ils étaient minuscules !

— Oui, dans le Diploste ils se font le plus petit possible, mais dans le Chalari ils peuvent se développer comme bon leur semble. Certains atteignent aisément quinze mètres de haut. Ils seront un réel atout pour la bataille.

La bataille… alors nous y sommes.

À ce mot, Hoérra retrouva son sérieux :

— Qu'attends-tu de moi, exactement ? Car tu sais que je suis incapable de survivre plus de cinq minutes sur un champ de bataille ? Demande à Razi…

Hoérra le chercha du regard sans le trouver :

— Il est où celui-là ? D'ailleurs, où sont passés tous les gardiens ?

— Ils ont pris la tête de notre armée. Ils vont bientôt arriver face à l'ennemi.

— C'est un peu comme un jeu pour vous, n'est-ce pas ? Car au final, personne ne va mourir... enfin, je veux dire aucun gardien du moins.
— Détrompe-toi, miss.
Dans cette guerre, nous risquons tous d'y laisser notre peau : toi, les êtres élémentaux et même les gardiens.
Zéhira est parvenue à pactiser avec le néant, et de cet accord est née une arme de destruction massive. Elle la détient dans un collier qu'elle porte jour et nuit autour de son cou.
Je l'ai vue de mes propres yeux anéantir un gardien en une fraction de seconde.
— Mais c'est horrible, Polias est au courant ? Il faut la prévenir ! Elle ne sait rien de tout ça !
— N'aie pas d'inquiétude. Polias le sait depuis un long moment déjà, mais comme tous les autres gardiens, elle a fait son choix : celui de se battre jusqu'au bout, même si...
Les mots s'étranglèrent dans la gorge d'Elden :
— ... même si cela signifie notre fin à nous également.
Hoérra observa Mister Trusty qui avait définitivement quitté son apparence de gorfou. Il avait l'air aussi grave qu'Elden. La jeune fille ressentit l'inquiétude qui était en train de submerger le Sylphe.
Elle tenta de la rassurer :
— Ça va bien se passer, Mister Viridus, je suis sûre qu'ils vont réussir !
À ces mots, le Sylphe se reprit :

— Je n'ai pas peur pour eux, mais pour toi. Si je ne suis pas encore avec eux, c'est parce que je voulais te dire au revoir, ma sauterelle.

Dès que Karay-Boz sera venu te chercher, je pars les rejoindre.

Je tenais à te dire que j'avais été le Sylphe le plus chanceux des deux mondes grâce à notre amitié. Tu n'imagines pas la joie que je ressens lorsque je pense à notre relation. Tu as été bien plus qu'une amie ou même une sœur de cœur. Tu es mon double et en même temps le complément qui me manque. Avec toi, je me sens entier, libre et heureux. Je tenais juste à te le dire avant que…

Hoérra se jeta dans les bras de son ami alors que les larmes inondaient ses yeux sans qu'elle ne puisse les retenir :

— Tu n'es pas obligé d'y aller, reste avec moi.

— Impossible, ils ont besoin de tout le monde là-bas.

Et toi aussi, tu as un rôle à jouer.

Elden reprit la parole :

— J'aperçois Karay-Boz au loin, il sera là dans très peu de temps.

À présent, écoute-moi attentivement, Hoérra.

De toutes les leçons que je t'ai enseignées, celle-ci est la plus importante.

Ce Cheval ailé va t'emmener et te déposer devant la porte du palais de Zéhira.

Grâce à notre armée, personne ne fera attention à toi. Avec le chaos que l'on va créer, même Zéhira sera trop absorbée par ce qu'elle verra pour se rendre compte de ton intrusion.

Une fois à l'intérieur, tu découvriras de grands escaliers de marbre noir. Il te faudra les emprunter, car Zéhira sera dans ses appartements qui se trouvent en haut de ces marches.
Prends garde en les montant, il ne faut surtout pas que tu touches les murs !
Si tu ne fais ne serait-ce que les effleurer, ils t'aspireront dans le néant.
Lorsque tu seras sur le palier, tu te retrouveras devant une grande porte verte.
Ouvre-la sans ménagement et entre dans la pièce.
Zéhira sera sûrement à sa fenêtre en train de se délecter de la bataille.
— Et je fais quoi après ? Je la tue ? Mais, avec quelle arme et comment ?
Hoérra était totalement paniquée, mais elle était décidée à tout tenter pour ne pas laisser ses compagnons mourir.
Bien évidemment, elle ne comprenait pas pourquoi c'était à elle d'exterminer la gardienne la plus forte de tous et non à Elden ou Polias ou même Razi.
Il y a tellement de personnes plus puissantes que moi !
Clairement, Hoérra ne faisait pas le poids.
Elden comprit la crainte de la jeune fille :
— Tu ne seras pas seule.
— Tu viens avec moi ?
— Non, impossible, mais toutes tes vies antérieures seront là.

Le gardien cessa de parler puisque Karay-Boz venait de se poser juste à côté d'Hoérra :

— Prête, ma sauterelle ? demanda Mister Trusty, les larmes aux yeux.

— Euh… non, pas du tout ! répondit la jeune fille, alors qu'elle montait tout de même sur le dos du Cheval.

Alors que Karay-Boz amorçait son décollage, Elden hurla :

— Contente-toi de rentrer dans la pièce et d'être en harmonie avec tes vies antérieures. Tu n'as que ça à faire : l'harmonie !

Et me faire tuer aussi net par cette folle de Zéhira !

Mais il était trop tard pour reculer. Le Cheval ailé avait déjà pris une belle hauteur.

En tournant la tête, elle vit Elden monter sur Pégase qui venait d'apparaître à une vitesse spectaculaire. Elle ne voyait plus Mister Trusty.

Il est déjà sur le champ de bataille.

Il fallut quelque temps pour qu'Hoérra commence à percevoir des mouvements à terre. Karay-boz lui expliqua qu'il avait dû contourner une grande partie de l'espace aérien qui était envahi par des combats de Drākōns contre les Dragons, de Seelies contre les Unseelies et de Sylphes fidèles à Briac contre ceux soumis à Brennan.

Tremblante, Hoérra ne put s'empêcher de penser que son meilleur ami était l'un d'eux.

Le Cheval ailé perçut son angoisse :

— Tu sais, j'ai entièrement confiance en Abgar. Je suis certain qu'il sait ce qu'il fait et que chacun est à sa place. Garde précieusement ses conseils en tête et tout se passera comme prévu, j'en suis persuadé.

Il a raison. Jamais Elden ne m'a mise en danger jusqu'à présent, ou du moins il prévoyait toujours des protecteurs. Mais, ce coup-ci, je suis seule et il est bien sympa de me dire que je suis avec mes vies antérieures, mais je suis quasiment sûre qu'aucune d'elle ne sait se battre et encore moins contre un monstre tel que Zéhira.

À présent, ils survolaient une masse indistincte de combattants, qui poussait des hurlements de douleur ou d'intimidation.

Déjà, beaucoup de corps inertes jonchaient le sol.

Hoérra reconnut beaucoup d'êtres élémentaux qui se battaient pour Elden, mais elle vit aussi des Onagres, des Shâdhahvârs et des Hippocentaures. Vaillants, les Minkondi et les Minkisi bataillaient contre des Cyclopes qui assenaient à tout va des coups de massue. Au loin, dans une immense étendue d'eau, Hoérra aperçut les Margygrs lutter contre les Ichtyocentaures de Zéhira. Au fur et à mesure de leur avancée, la jeune femme découvrait des scènes de carnage cauchemardesques.

Vu d'en haut, il n'y avait aucun gagnant, cela semblait évident : ils allaient tous s'entre-tuer jusqu'au dernier.

S'il faut que je monte dans le donjon de l'autre tarée pour stopper ce massacre, alors je n'ai pas le choix. Vies antérieures ou pas, je dois tout essayer.

Le Cheval ailé amorça sa descente lorsqu'apparut un énorme édifice noir-anthracite. Avec ses tours armées de leurs pics semblant percer le ciel noir, ses coupoles et ses

dômes, ainsi que ces vitraux diffusant une lumière vert émeraude, le bâtiment était impressionnant et intimidant.
Alors qu'Hoérra tentait de "convoquer", sans grand résultat, toutes ses vies antérieures, elle vit dans les airs une lueur étincelante qui attira son attention.
— Karay, suis la lumière !
Le Cheval ailé perçut l'étincelle qui dégringolait à une vitesse prodigieuse vers le sol.
— Le pauvre, il va se fracasser si tu ne l'aides pas !
Oubliant que son unique rôle était de mener Hoérra devant chez Zéhira, Karay-Boz piqua à vive allure vers la lumière. Il parvint à arrêter sa course folle à quelques centimètres du sol.
Ne voyant plus l'étincelle, il comprit qu'Hoérra avait réussi à attraper l'être lumineux avant qu'il ne s'écrase.
— Ouf, il l'a échappé belle, celui-là !
Mais Hoérra ne répondit pas. Il entendit des sanglots.
Le Cheval ailé posa ses sabots à quelques mètres du palais, dans un lieu calme. Hoérra descendit en demandant :
— Viridus, tu m'entends ?
Dépité, le Cheval ailé observa la jeune femme déposer délicatement à terre le corps inerte du Sylphe. Ses yeux étaient fermés et une légère trainée de sang s'échappait à la commissure de ses lèvres diaphanes. En l'observant attentivement, Hoérra découvrit un trou fumant dans son torse. Une telle blessure ne pouvait être que la conséquence d'une des armes de Zéhira.

— Je ne peux pas te perdre toi aussi, Viridus. Je t'en supplie : réveille-toi !

Mais aucune réaction ne vint de la part du Sylphe.

— Que dois-je faire, Karay ? Comment soigne-t-on un Sylphe ? Je t'en supplie, aide-moi ! Viridus, mon Mister Viridus, ne peut pas mourir ! Pas comme ça, pas maintenant, pas à cause de moi…

D'énormes sanglots s'échappèrent d'Hoérra. Tenant son ami dans ses bras, la jeune femme le berçait tel un petit enfant.

Karay-Boz se décida à intervenir :

— Pardonne ma brutalité, mais il est trop tard pour lui et si tu n'agis pas rapidement, ils finiront tous comme Viridus… Enfin, je veux dire que nous finirons tous comme Viridus. Je suis sincèrement désolé de ne pas te laisser le temps de pleurer la mort de ton ami, mais elle ne nous en donne pas la possibilité.

Le Cheval ailé fut surpris de la réponse que lui fit Hoérra :

— Tu as raison, Karay ! Elle ne peut pas me prendre indéfiniment tous les gens que j'aime ! Je dois l'affronter une bonne fois pour toutes !

Hoérra déposa un tendre baiser sur la joue froide du Sylphe et se releva :

— Pas la peine de m'accompagner, je connais le chemin. Merci, Karay, merci pour tout !

CHAPITRE XVIII

L'affrontement

Comment cela est-il possible ?
J'ai quitté Karay avec un courage et une hargne sans nom et maintenant que je suis aux portes du palais, me voilà à nouveau submergée par la peur et la tristesse.
Hoérra ne parvenait pas à réaliser que Mister Trusty était mort.
Elle refusait d'admettre qu'il avait subi le même sort qu'Anochi.
Elle ne cessait de se répéter que c'était impossible, que tout cela n'était en réalité qu'un horrible songe.
Mais je n'arrive pas à m'extirper de ce cauchemar, et visiblement la seule façon d'y mettre fin, c'est d'aller droit dans la gueule du loup !
Timidement, elle ouvrit la colossale porte noire et pénétra dans un vaste hall d'entrée.

Aussitôt, elle vit l'immense escalier noir que lui avait décrit Elden.

Autour de lui, la décoration, extrêmement épurée, se parait uniquement de tons noirs et verts.

Conformément aux plans du gardien, il n'y avait personne pour signaler la présence de la jeune fille, alors Hoérra commença à gravir les marches une à une en prenant soin de rester au milieu de l'édifice encadré de part et d'autre de masses sombres et compactes.

De toute manière, je n'aurais pas posé le petit doigt sur ces trucs qu'Elden a appelé des murs. C'est pas des murs, c'est aussi vide que du néant !

Une fois l'escalier gravi, Hoérra se retrouva sur un palier avec en face d'elle la fameuse porte verte, encadrée de deux sortes de meurtrières vitrées.

D'instinct, la jeune fille jeta un regard à travers l'une d'elles et ce qu'elle vit la saisit.

Effrayée, elle observa un Drākōn aux prises avec un affreux Dragon. Rapidement, ce dernier trancha la gorge du pauvre Drākōn qui se mit à plonger telle une feuille morte vers la terre.

Lorsqu'il se fracassa au sol, Hoérra découvrit qu'il s'était écrasé sur un monceau de cadavres.

Parmi les corps inconnus, elle distingua amèrement celui de Tomène, de Karay-Boz, de Silas, d'Élina et de deux gardiennes. Sans savoir comment, Hoérra savait qu'elles se prénommaient Sahar et Tali.

Au loin, elle aperçut Polias, ensanglantée, qui se battait contre un adonis aux cheveux blonds. Hoérra ignorait ce qu'elle hurlait, mais elle imaginait aisément que l'apollon n'était autre qu'Armen et qu'inlassablement la gardienne tentait de le ramener à la raison en parant les coups sans les rendre.

Razi, aidé du Drākōn Zmeï, tâchait tant bien que mal d'éviter les attaques qu'un homme lui assaillait à l'aide de son trident.

Quant à Elden, il était harcelé de toute part. Il luttait avec force et puissance même si Pégase, qu'il chevauchait, montrait des signes de faiblesse.

Sans son destrier, le "dieu" n'allait pas résister longtemps aux vagues d'assaut.

Hoérra eut beau chercher, elle ne trouva aucune trace de Tsip, Dara ou Béthanie.

C'est un véritable massacre ! *Il faut que ça s'arrête !*

Avec une énergie décuplée, elle poussa violemment les deux battants de la porte verte et avança avec élan sans se soucier de ce qui l'attendait.

La pièce dans laquelle Hoérra se tenait à présent était si lumineuse qu'elle en fut éblouie pendant quelques secondes.

— On ne t'a jamais appris à frapper avant d'entrer ? Tiens, Tali et Sahar sont mortes, tant pis !

La voix suave provenait du bout de l'immense pièce, près d'une grande baie vitrée.

Rapidement, Hoérra parvint à apercevoir une silhouette féminine sculpturale.

Elle était vêtue d'une robe médiévale noire parée d'émeraudes étincelantes. Ses longs cheveux blonds étaient coiffés en chignon lâche laissant ainsi découverte une douce nuque opaline.

La femme lui tournait le dos, visiblement plus intéressée par la bataille qui se jouait sous ses yeux que par l'entrée fracassante que venait de faire Hoérra.

La jeune femme en profita pour appréhender les lieux.

Son regard balaya rapidement le reste de la pièce. À l'instar du hall, ce boudoir était décoré avec luxe et raffinement. Il était meublé de commodes anciennes, de tables et de chaises sculptées dans le bois le plus rare, de fauteuils et canapés aux velours de soie, mais aussi de nombreux miroirs sur pieds encadrés d'or.

De là où elle se trouvait, Hoérra voyait son image se refléter dans l'un d'eux. Mais avant qu'elle ne puisse se détailler, son attention fut attirée vers une commode d'où elle avait perçu un mouvement.

Une modeste cage était posée dessus et une faible chose vêtue de rouge bougeait lentement de temps à autre.

Terrifiée, Hoérra reconnut Glic, le Leprechaun :

— Que fais-tu là ? chuchota la jeune fille.

Le petit homme se releva péniblement et présenta un visage tuméfié par les coups.

Dans un ultime effort, il lui répondit :

— Je suis terriblement navré. Elle m'a capturé alors que je n'étais qu'à quelques kilomètres de chez moi. Elle m'a forcé à tout lui dire, mais je ne voulais pas. Elle a menacé de s'en prendre à ma famille. Je n'ai pas pu faire autrement, je suis désolé Hoérra, je…

Toujours sans se retourner, la femme coupa la parole au pauvre Leprechaun qui s'effondra pour ne plus donner signe de vie :

— Je dois bien l'admettre, c'est bien la première fois que je vois un Leprechaun résister autant avant de dire la vérité.

— Que lui avez-vous fait ? Monstre ! hurla Hoérra qui ne supportait plus de voir ses proches mourir les uns après les autres.

Piquée au vif, la femme se retourna pour observer enfin l'intruse qui avait eu non seulement l'audace de la déranger au beau milieu du merveilleux spectacle qu'offrait cette bataille, mais qui, en plus, l'avait insultée :

— Tu dois être sacrément sûre de toi pour oser t'adresser à moi de la sorte ?

Son regard noir et bleu s'ancra dans celui d'Hoérra.

Hoérra la reconnut immédiatement.

C'est la belle femme que j'ai vue dans mes rêves diplostiens !

Rapidement, elle se remémora ses "songes flash" qui se déroulaient comme un zapping lorsqu'elle s'était terrée chez elle.

Elle faisait partie de ce groupe qui se retrouvait régulièrement.

Ces hommes et ces femmes avaient des tenues radicalement dissemblables, laissant comprendre que les époques étaient différentes.
Mais il y avait aussi Élina et Silas, dans ce groupe !
Tout ce temps, j'ai rêvé des gardiens et de Zéhira, mais pourquoi ?
— C'est donc cela, l'arme secrète d'Abgar ? déclara dédaigneusement Zéhira en toisant du regard Hoérra. Et moi qui étais tourmentée quant à l'issue de cette bataille ! Les années m'ont quelque peu ramollie, semble-t-il.
En tout cas, si je décline… Abgar, lui, est devenu complètement sénile ! Il m'envoie une fillette de onze ans.
Hoérra fut surprise de l'entendre annoncer son âge véritable, car physiquement elle paraissait avoir une vingtaine d'années et beaucoup d'êtres du Chalari avaient été trompés par cette apparence illusoire.
Ravie de percevoir de l'étonnement chez son adversaire, Zéhira s'exclama :
— Oui, ton déguisement ne prend pas sur moi !
Puis elle grimaça en l'observant de plus près :
— Il m'envoie non seulement un petit être ridicule, mais en plus une humaine. Comment a-t-il pu tomber aussi bas ? Enfin, ne te méprends pas, j'en suis heureuse !
Mais cette victoire facile me laisse un goût amer, car je n'aurai pas la revanche dont j'avais tant rêvé. Pendant des siècles, j'ai fantasmé un triomphe arraché in extremis. Je m'imaginais, après un long combat, tremblante et exténuée, le souffle court, mais sourire aux lèvres, puisque

je me délectais du fabuleux spectacle de voir la vie quitter la pauvre dépouille d'Abgar.

Zéhira soupira.

Elle se décala du champ de vision d'Hoérra pour secouer la cage du Leprechaun.

À ce moment, Hoérra eut une vue imprenable sur la fenêtre et donc sur la bataille.

Elle découvrit Elden qui était toujours sur Pégase. Cette vision la rassura, mais alors qu'elle ressentait un peu de sérénité face à la situation, elle fut témoin d'une attaque violente portée à son ami par une gardienne brune chevauchant un Nycticorax.

Étonnamment, Hoérra entendait tout le bruit et les hurlements qui retentissaient derrière la fenêtre.

Dans un dernier effort, le gardien supplia :

— Kitra, je t'en conjure, cesse cette folie tant qu'il en est encore temps !

Pour unique réponse, la gardienne lui assena le coup fatal qui déstabilisa Pégase. Impuissante et tétanisée, Hoérra regarda Elden chuter sans qu'il ne puisse redresser la situation.

Une fraction de seconde, leurs regards se croisèrent.

Hoérra entendit clairement la voix du gardien résonner dans sa tête : *n'oublie pas l'harmonie, miss !*

Kitra le suivit dans sa chute en activant sa couronne.

Zéhira, qui avait repris sa place devant la fenêtre, se mit à applaudir :

— Bravo Kitra ! Tu l'as eu, cet emplumé ! Tu es vraiment la plus forte !

Puis baissant légèrement la tête, elle susurra :

— Finalement, Héra aura eu la peau de Zeus.

Elle est forte, beaucoup trop forte. Il faudra que je m'occupe de son cas après tout cela.

Puis, se rappelant qu'elle avait une "convive", Zéhira se retourna vers Hoérra et s'interrogea à voix haute :

— Que vais-je bien pouvoir faire de toi ?

Mais Hoérra ne l'écoutait pas. Elle était tétanisée par ce qu'elle venait de voir. *Elden est sûrement mort et avec lui tout espoir a disparu.*

Mais pourquoi n'arrêtait-il pas de me parler d'harmonie ? Je n'ai jamais réussi à me mettre au diapason avec toutes mes vies antérieures et ce n'est pas maintenant que je vais y parvenir, car je suis trop triste pour faire quoi que ce soit.

Sans qu'elle arrive à se contrôler, Hoérra laissa sa réflexion se répéter inlassablement.

Harmonie, Elden, harmonie, Zeus, harmonie, Odin, harmonie, Abgar, harmonie, Lugh.

Une boule de colère lui noua la gorge.

Elle a tué Anochi… elle a tué Mister Viridus… elle a tué Elden et tant d'autres… C'en est trop, il faut qu'elle s'arrête !

Cette pensée avait hurlé dans sa tête et Hoérra ne maîtrisait plus rien.

Elle laissait ses émotions prendre le dessus, bien consciente qu'elles étaient mélangées avec celles de ses autres vies.

Soudain, la jeune femme regarda la gardienne comme si elle l'avait toujours connue.

Elle avait bien devant elle une des femmes de ses songes diplostiens, mais elle la reconnut aussi sous les traits de la statue qui trônait entre les escaliers chez Abgar, et également celle qui avait été partiellement détruite dans le temple qui se trouvait au Mont Olympe.

À cette pensée, Hoérra comprit que ce temple avait été le sien et que l'homme et les enfants qui y étaient sculptés avaient été sa famille.

Mes amis, mon mari, mes enfants… elle a tout anéanti.

Elle se rappela que dans un excès de rage, c'était elle qui avait massacré la statue qui représentait Zéhira.

— Harmonie ?

La jeune femme sortit de sa transe en entendant ce prénom.

Elle observa la femme qui se tenait devant elle.

Blême, la gardienne avait perdu toute son assurance.

Hoérra tourna la tête vers le miroir et découvrit que son image avait encore changé.

Son reflet était à présent celui d'une femme aux longs cheveux blond vénitien et au regard sombre.

Immédiatement, elle reconnut la femme qui avait fait son apparition dans le miroir sur la terrasse d'Elden.

Elle comprit qu'il s'agissait d'une de ses vies antérieures et que le miroir avait vu Harmonie bien avant elle.

En sortant enfin de l'ombre, Harmonie avait permis à Hoérra de reconstituer toutes les pièces qui manquaient à son puzzle.

Ainsi, Hoérra avait été Hoérra mais avant elle, elle avait été Rachel Carson.

Écologiste avant l'heure, elle se souvint avoir étudié avec passion la biologie. De cette vie, le souvenir le plus fort était celui de son amie Dorothy.

Avant Rachel, elle avait tour à tour été de multiples êtres vivant dans les profondeurs océaniques.

À la connaissance de ces autres existences, la sensation de légèreté et de calme s'ancra à nouveau en elle.

Et avant cela, elle avait été à plusieurs reprises des êtres qui puisaient la vie dans l'éclat du soleil, la fraîcheur dans la pluie et la puissance dans la terre féconde.

Elle se souvint aussi de ses nombreuses existences humaines qui n'avaient eu pour seul et unique but que de retrouver son âme sœur.

Soudain, Harmonie prit le dessus :

— Bonjour, maman.

Zéhira tomba à genoux.

— Tu es enfin revenue. Je savais qu'un jour tu me comprendrais et que tu serais finalement d'accord avec moi.

Je suis si heureuse de te voir à mes côtés en un jour si important. À nous deux, Harmonie, nous allons dominer le monde.

La gardienne se releva en essuyant une larme.

Elle voulut prendre sa fille dans ses bras, mais Harmonie s'en dégagea :

— Comment peux-tu imaginer, ne serait-ce qu'un infime instant, que j'ai oublié tout ce que tu m'as fait subir ?

Harmonie avait la nausée à l'idée de repenser aux siècles de souffrances et de désespoir que lui avait fait endurer sa mère.

Dépitée, Zéhira recula de quelques pas pour observer son enfant. Visiblement, elle ignorait totalement les griefs de sa fille :

— Que t'ai-je fait, si ce n'est te donner tout l'amour qu'une mère doit à sa fille ?

Harmonie explosa :

— Comment oses-tu te le demander ? Tu n'as jamais été une mère aimante. À cause de toi, j'ai renoncé à mon statut de gardienne et je suis devenue une âme humaine.

— Crois bien que je le déplore. Mon héritière, une âme humaine… quelle déchéance ! Mais, je ne t'en veux pas, je t'aimerai tout de même ainsi, mon enfant.

— Es-tu à ce point aveugle pour refuser de voir la vérité ? J'ai agi de la sorte pour avoir une chance de vivre aux côtés de mon âme sœur.

— Qui donc ?

— Cadmos, voyons !

— Cet humain ? Ce ridicule vermisseau ? Rassure-moi et avoue qu'il s'agit ici d'une mauvaise plaisanterie.

— Cadmos était le père de mes enfants !

— Moitié humain, moitié gardien. Ces hybrides n'avaient aucune valeur. D'autant plus que leur misérable père les élevait comme des humains. Crois-moi, ils n'avaient aucun avenir.
— Et pour t'en assurer, tu les as tués un par un !
— Comment oses-tu ? Ce sont les hommes qui les ont exécutés !
— Tu as anéanti mes filles !
Kitra a ordonné à un humain d'assassiner Sémélé. Tu as rendu folle ma douce Agavé en la forçant à abattre son propre fils. Ino a préféré se donner la mort plutôt que de continuer à subir tes persécutions et Autonoé est morte de chagrin après le meurtre de son enfant commandité par tes soins.
Par chance, mes deux garçons sont parvenus, par je ne sais quel miracle, à t'éviter. Mais pour cela, ils ont dû fuir leurs propres parents et ne plus jamais donner de nouvelles.
— Alors, tu es au courant. Ne vois-tu pas ici les actes désespérés d'une mère aimante prête à tout pour faire revenir sa fille sur le droit chemin ?
— Quel chemin ? Celui de la haine de l'homme ? Car il s'agit bien de cela, n'est-ce pas ? Dès le début, cela t'a porté sur les nerfs de me voir heureuse dans les bras d'un homme, alors que tu n'avais jamais réussi à trouver le bonheur parmi eux.
Une mère aimante aurait été ravie de la joie de sa fille, mais tu ne l'as pas supporté et tu as traqué Cadmos encore et encore. Chaque fois que tu le tuais, je l'accompagnais dans

le Chalari et je retournais dans le Diploste pour pouvoir l'aimer à nouveau.

— Tu te trompes, tu me prêtes là des talents que je ne possède pas. Voyons, ma chérie, tu sais que je ne peux pas assassiner d'humains.

— Je te prie de bien vouloir cesser tes mièvreries. Je ne suis pas la sotte que tu penses. Je sais pertinemment que tu as commandité tous ces épouvantables meurtres et ces fins tragiques. Pas une de ces morts n'est due au hasard. Mais je dois bien reconnaître là ta persévérance, car tu as finalement gagné. À bout, Cadmos m'a supplié de le laisser. Bien sûr il m'aimait toujours, mais il était éreinté par les cycles effroyables que tu lui faisais subir depuis de nombreux siècles.

— C'est donc à cause de lui que tu es devenue... humaine ? grimaça Zéhira

— Je sais que cela te répugne, mais je ne suis pas aussi scélérate que toi. Je n'ai pas agi de la sorte pour me venger de toi, mais pour oublier. En muant en une âme, j'ai pu me rendre dans le Diploste en oubliant tout de mes précédentes existences... du moins le temps de mon passage dans le Diploste.

Mais tu n'as jamais réellement réussi à nous séparer, car même ainsi, Cadmos était constamment dans ma vie. Sous forme d'amie ou de connaissance, mon âme sœur a toujours été près de moi. Que tu le veuilles ou non, nous sommes inséparables.

— Mais pourquoi penses-tu que je souhaite te nuire ? Je ne désire que ton bonheur et jamais je ne te ferai le moindre mal.
— Lorsque tu as essayé de tuer Hoérra avec ton émeraude ou l'anneau, chez Elden, tu l'as fait pour mon bien aussi ?
— J'avoue que je me suis fourvoyée.
Je savais qu'Elden s'intéressait à cette enfant, mais je t'assure que je n'avais pas perçu que cette petite peste était une de tes nombreuses réincarnations.
Tu t'es tellement cachée de moi que j'avais perdu ta trace et j'ignorais où tu te trouvais depuis plusieurs siècles.
Zéhira plongea dans ses pensées. Son expression de désarroi se transforma en air perfide :
— Je comprends pourquoi les Ababil ne t'ont pas transpercée lorsque tu étais chez Garuda : ils t'avaient reconnue. Il en va de même pour les autres.
Et surtout, je saisis mieux comment cette Hoérra a fait pour traverser autant d'épreuves sans trépasser.
Mais tout cela appartient au passé !
Regarde ce que tu es devenue : tu es plus forte que lorsque tu étais une gardienne. Les souffrances t'ont endurcie et te voici prête à diriger le monde. Je suis fière de ce que j'ai créé : tu es ma plus belle réussite, ma chérie.
Si tu me rejoins, imagine ce que nous pourrions faire à deux.
Je te rappelle qu'ils m'ont nommée "Zéhira l'éclatante".

Mais je n'ai pas que ce nom ! Savais-tu que j'ai été la déesse Ishtar en Mésopotamie ? C'est là que j'ai réussi à chasser Lamassu et Shedu.

Ensuite, j'ai pris l'identité de Kamui Fuchi "L'étincelle qui fait jaillir le feu". Déesse du foyer vénérée par les Aïnous, j'ai fait pratiquer le culte de l'ours.

J'ai adoré les forcer à domestiquer des animaux pour les offrir en sacrifice religieux. Ainsi j'ai instauré l'élevage et l'agriculture alors que l'homme était, jusque-là, cueilleur, chasseur et pêcheur.

Ce grand changement a permis aux humains de prendre le dessus sur les bêtes et donc de détruire le cycle naturel pourtant parfait.

Une fois que j'ai mis en place l'élevage, j'ai réduit ces Aïnous[13] à l'esclavage par le biais des Japonais qui les traitaient de barbares.

Ce pauvre Elden a bien tenté de les sauver en les convertissant dans une foi qui disait que tous les éléments de la nature sont des esprits et que la terre n'appartient à personne… un coup d'épée dans l'eau, ma chérie.

Bien évidemment, tu te souviens de ce moment où je me suis faite appeler Aphrodite, "écume", dans la Grèce antique.

Mariée à un gardien qui se faisait passer pour forgeron aux yeux des humains, j'ai essayé de me protéger des hommes.

---

[13] Entre le XVI-ème siècle et le milieu du XIX-ème siècle, les Japonais exercent « l'assimilation forcée », entre autres sur les Aïnous.

À cette époque, je me sentais être une proie constante pour les hommes qui m'avaient déjà maltraitée.

Mais, quel ennui, ce gardien ! Il était laid, boiteux et acariâtre.

C'est à ce moment-là que je suis tombée éperdument amoureuse de ton père.

C'était un gardien qui se faisait nommer Arès, en ce temps-là. De cet amour sont nés mes quatre enfants, dont toi, Harmonie, ma seule et unique fille.

Je pensais être enfin heureuse et comblée, mais c'était sans compter sur la faiblesse des hommes et leur méchanceté sans limites.

Lorsqu'il a découvert l'adultère, mon mari s'est empressé de réunir le plus de gardiens et d'humains possible pour colporter la rumeur de la femme infidèle et mauvaise. Beaucoup ont ri de moi et m'ont tourné le dos.

Et ton père, dans sa grande bravoure, a pris la fuite !

Harmonie perçut de la tristesse dans les yeux de sa mère, jamais elle ne lui avait raconté tout cela et elle fut tentée de se radoucir, mais Zéhira releva la tête et s'exclama :

— Te rends-tu compte qu'il est devenu une âme humaine pour me fuir ? Mais je me suis vengée depuis !

J'ai porté bien des noms tels que Vénus, Aphroditos, Euplea et Ourania.

Mais c'est sous les traits d'Hathor, déesse nourricière du pharaon, que j'ai commencé à prendre sérieusement ma revanche.

J'ai profité de l'influence que j'exerçais sur le pharaon pour opposer le peuple d'Égypte au peuple hébreu.

J'ai persuadé les Hébreux qu'ils devaient croire en une religion monothéiste, religion que j'avais créée de toutes pièces, alors qu'en parallèle, je poussais le pharaon à réprimander fortement tous ceux qui se revendiquaient de cette nouvelle croyance.

J'ai beaucoup aimé jouer le rôle de Marie, mère de Jésus et celui de la mère de l'empereur Constantin.

— À défaut d'être une bonne mère pour moi, j'espère que tu as été un peu plus compétente et agréable avec ces pauvres hommes.

— Pauvres hommes ? Les humains sont inutiles et faibles. Si Abgar et Polias n'étaient pas intervenus en se faisant passer pour le dieu créateur et celui de la guerre, je n'aurais fait qu'une bouchée de leur protégé Bouddha. Il n'aurait pas résisté longtemps à mon charme en tant que déesse Mara.

— Cela fait des siècles que je sais que tu es derrière chaque affrontement et guerre entre les humains. Je sais que chaque fois tu t'es servie de leur croyance et de leur foi pour les monter les uns contre les autres et les anéantir.

Mais tout ceci date de plusieurs siècles ! Comment penses-tu régner sur les deux mondes avec tes tours de passe-passe d'un autre temps ? Le cycle est beaucoup plus fort que tu ne le crois et même si ce que tu as fait est horrible, cela n'aura que peu ébranlé le mécanisme des deux mondes.

— Parce que tu penses que je me suis arrêtée en si bon chemin ?

Ma pauvre enfant, tu es encore bien naïve.

Dans le monde moderne, je ne me suis pas contentée de rendre fous quelques humains, même si cela a été un réel plaisir de voir Einstein, le grand ami d'Abgar, s'effondrer face à la folie de son fils, Éduard.

J'ai totalement modifié les vies humaines ! Je suis la créatrice du système monétaire, de la surconsommation, des technologies, de la pollution, des dépressions et des antidépresseurs qui finissent de les aliéner.

J'ai tout fait pour que ce monde souffreteux montre son véritable visage et je pense m'en être assez bien sortie.

Je suis convaincue qu'au fond de toi tu sais que je suis dans le vrai. Rejoins-moi, Harmonie, et à nous deux nous reconstruirons un monde pur où les femmes ne seront plus la proie des hommes, autant humains que gardiens.

— Le monde que tu fantasmes serait un univers où les hommes deviendraient les esclaves des femmes. Un endroit où seule régnerait une pensée unique, la tienne. Aucune femme n'aurait le droit d'avoir des sentiments pour un homme car aucun homme ne trouverait jamais grâce à tes yeux.

— Je n'aurais pas dit mieux. Je savais que tu comprendrais.

— Te rends-tu compte que si tu atteins ton but, ce sera la fin de tout ?

Pas seulement de ce système que tu exècres, ni même des humains, des gardiens ou des êtres élémentaux, mais aussi de tout ce qui nous entoure.
En as-tu réellement pris conscience ? Ton plan ne peut se dérouler comme tu le souhaites. En pactisant avec Epha, le néant s'emparera de tout. Epha ne te laissera rien. Ce sera la fin de toi… et de moi, maman.
Zéhira se figea, une lueur de conscience adoucit quelque peu la flamme de démence qui régnait dans son regard.
La mère regardait sa fille pour la première fois.
Hoérra qui observait la scène tapie dans un recoin se mit à penser qu'un espoir était peut-être permis.
Elden avait tout compris ! Il fallait que Zéhira affronte sa fille, la seule personne capable de lui faire entendre raison.

Mais en un claquement de doigts, Zéhira reprit son attitude de reine destructrice :
— Pour qui te prends-tu, petite insolente ? Comment peux-tu penser que je ne suis pas assez habile pour pactiser avec Epha ? Pire ! Tu sembles dire que je ne maîtrise pas mes plans et que j'ignore la portée de mes actions !
Ne t'ai-je donc rien appris ? Moi qui ai tout fait pour toi ! Je me suis battue pendant des siècles et des siècles pour que tu puisses voir le véritable visage de ces monstres. Je t'ai tout donné à toi, ma seule descendance qui en vaille la peine, mon unique fille !
Ingrate ! Je reconnais bien là les traits de ton père ! Tu m'as fuie, comme lui. Abgar a eu raison de nous manipuler ainsi

pour que cette rencontre ait lieu. Finalement, il n'est pas complètement stupide… il va réussir à me faire penser qu'il va me manquer !

Grâce à cette dernière confrontation, ma fille, je découvre que tu es comme eux… non réflexion faite : tu es pire qu'eux !

Tu ne parviens même plus à me décevoir tant je te méprise.

Harmonie fut sonnée d'entendre tant de haine de la part de l'être qui était censé l'aimer plus que tout.

Hoérra sentit qu'elle allait baisser les bras.

Harmonie ! Tu peux pas laisser tomber maintenant ! Tout le monde compte sur toi ! Pense à tous les êtres élémentaux qui sont en train de donner leur vie pour nous ! Nous devons tout tenter !

Hoérra perçut que son message était passé, car elle entendit Harmonie chuchoter :

— Tu as raison, nous devons tout tenter.

Soudain, un hurlement effroyable sortit de la bouche de la jeune femme.

Hoérra découvrit qu'Harmonie avait caché une dague près de sa cheville.

La jeune femme s'en empara en se ruant sur sa mère.

La surprise fut de courte durée, car Zéhira, habituée à se tenir toujours sur ses gardes, se détourna du coup que voulait lui asséner sa fille.

— Comment oses-tu lever la main sur ta mère ?

Zéhira entra dans une colère noire.

D'un coup de poing sur le poignet, elle désarma Harmonie et de sa main libre, elle empoigna le frêle cou de la jeune femme.

Avec une force prodigieuse, elle souleva le corps impuissant à plusieurs centimètres du sol.

La mère tenait sa fille à bout de bras. Le geste ne sembla nécessiter aucun effort de la part de Zéhira alors que déjà Harmonie suffoquait.

Zéhira éructa :

— Finalement, tu seras ma création la plus décevante. Même cette simplette de Kitra aura été meilleure que toi. Trahir sa propre mère… quelle déception !

Face à cette nouvelle situation, Hoérra paniqua complètement. Elle ne ressentait aucune douleur physique, mais elle avait compris que cet entretien virait au pugilat. Si elle n'agissait pas rapidement, elle allait mourir dans le corps d'Harmonie et même si elle savait que son âme allait retourner dans le Chalari, elle savait aussi que ce dernier allait bientôt disparaître si personne n'arrêtait Zéhira.

Allez, Harmonie, bouge-toi ! Fais un effort, notre survie en dépend ! T'es la fille d'une gardienne, toi-même, tu étais une ancienne gardienne, alors fais honneur à ta race ! Pense à Polias qui se bat encore et à ceux qui sont en vie et qui comptent sur nous ! Et si ça te suffit pas, pense à Cadmos et à tes enfants ! Pense au mal qu'elle vous a fait !

Dans un ultime effort, Harmonie parvint à frapper Zéhira au ventre grâce à un spectaculaire coup de pied.

Malheureusement, le geste ne fut pas assez fort pour que cette dernière relâche totalement son étreinte.

— Elle se débat comme une lionne ! Tu tiens tant que cela à ton existence, alors que tu ne cesses de pleurnicher et de te lamenter sur ton sort ?

Sois heureuse, maman va t'aider à ce que tout cela s'arrête.

Pour être certaine que sa victime ne l'attaque plus, Zéhira cloua Harmonie au sol.

La gardienne plongea son regard dans celui de sa fille. Hoérra y vit tellement de haine qu'elle en fut paralysée.

Sentant les mains meurtrières se resserrer à nouveau, Harmonie puisa dans les dernières réserves d'énergie qu'elle possédait pour rouler sur le côté et ainsi changer de position.

La mère était à terre, la fille dessus.

Petit à petit, Harmonie parvint à se frayer un chemin jusqu'au cou de Zéhira et se mit à serrer de toutes ses forces.

Ça marche ! Ça marche, Harmonie ! Je sens qu'elle lâche prise.

Au fur et à mesure que l'air remplissait ses poumons, Harmonie serrait de plus en plus fort le cou de sa mère.

Soudain, Hoérra fut frappée par ce qu'elle lut dans les yeux de celle qui avait tenté de la tuer quelques secondes auparavant.

Zéhira avait délaissé la haine et l'agressivité pour ne laisser percevoir qu'une profonde tristesse.

Instantanément, Hoérra comprit cette femme.

Elle avait tant souffert, elle s'était toujours sentie isolée et la trahison de l'être qu'elle avait le plus aimé l'avait à jamais perdue.

Éternelle, elle ne trouvait aucun répit à sa douleur. Seule la vengeance l'avait aidée à cohabiter avec ce mal qui ne cessait de la ronger.

Elle aurait pu prendre d'autres chemins pour atténuer son accablement, mais seule la haine des autres lui était apparue comme la solution à son problème.

Hoérra perçut aussi dans ce regard du regret, celui de ne pas avoir été la mère que sa fille avait tant désirée.

Elle était atterrée de constater que même en cela, elle avait échoué.

Alors que dans sa fureur dévastatrice, Harmonie continuait à serrer toujours plus le cou de sa mère, Hoérra, elle, ne cessait de lire dans le regard qui se tenait à quelques centimètres d'elle.

C'est lorsqu'elle perçut que Zéhira était prête à disparaître, qu'elle avait accepté son sort, qu'Hoérra hurla : *arrête Harmonie ! Tu ne peux pas tuer ta mère !*

Aussitôt, la jeune femme desserra ses mains :

— De toute manière, je ne peux pas t'assassiner, tu es immortelle.

Sans comprendre ce qui se passait, Zéhira eut un réflexe plus fort qu'elle et empoigna à nouveau le cou de sa fille :

— Par contre, toi, tu es mortelle, ma chérie.

Ce fut ce moment que choisit Harmonie pour disparaître.

Hoérra sentit que son corps changeait encore une fois.

Elle comprit qu'il était revenu à ses onze ans et qu'elle n'était plus spectatrice, mais actrice.

Je vais mourir.

Pragmatique, elle se résigna en pensant qu'elle n'était pas de taille à se battre contre une gardienne immortelle.

Zéhira, toujours couchée sur le dos, maintenait le petit corps à quelques centimètres d'elle.

Alors qu'elle sentait la vie l'abandonner, Hoérra ne parvenait pas à quitter ce regard triste, empli de regrets.

Finalement, elle n'arrivait pas à s'apitoyer sur son sort, car elle avait eu une belle existence.

Elle avait eu des parents qui l'avaient aimée du mieux qu'ils le pouvaient. Elle avait eu une véritable amitié avec Sam. Et son mas en Provence avait abrité un nombre considérable de bons et doux souvenirs, alors que Zéhira, elle, n'avait rien eu de tout cela.

Pleine de compassion pour la gardienne, la fillette ne put retenir ses larmes.

Alors qu'elles coulaient le long des joues d'Hoérra, quelques gouttes perlèrent sur le visage de Zéhira.

Dès qu'elle sentit le contact du liquide salé, Zéhira desserra instantanément son étreinte, sans pour autant lâcher totalement l'enfant.

À l'endroit où étaient tombées les larmes, Hoérra vit une fine fissure se créer.

Rapidement, elle se mua en une multitude de petites nervures envahissant l'ensemble du beau visage diaphane, transformant la peau de la gardienne en porcelaine craquelée.

Zéhira chuchota :

— Comment une humaine peut-elle avoir autant d'empathie pour moi ?

Tu es quelqu'un de pur, Hoérra.

Abgar avait raison : tu étais bien une arme secrète.

Comprenant que ses larmes étaient en train de faire du mal à la gardienne, Hoérra paniqua à l'idée d'être une meurtrière.

Zéhira murmura :

— Tu n'as rien fait de mal, bien au contraire, tu viens de mettre fin à mon calvaire.

Ma colère m'a aveuglée, et toi, petite Hoérra, tu as su me redonner la vue.

Merci.

Je sais qu'Harmonie est là, quelque part en toi.

Je voulais lui dire que j'étais désolée d'avoir fait autant de mal autour de moi.

J'espère qu'elle trouvera la force de me pardonner pour qu'elle puisse avancer… pour que vous puissiez toutes les deux avancer.

— Harmonie vous pardonne… et moi aussi, mais nous ne voulons pas vous voir partir. Maintenant qu'elle vous a retrouvée, Harmonie veut profiter de sa mère, elle veut savoir ce qu'est une véritable relation mère-fille.

Je suis désolée de vous faire subir cela. Que dois-je faire pour y remédier ?

— Ne fais rien, Hoérra, tout est parfait.
Harmonie, la relation parfaite mère-fille n'existe pas. Dans ce duo, nous tentons chacune d'avoir une place et nous essayons d'aimer l'autre du mieux possible. Me concernant, j'ai échoué.
Je n'ai pas su te montrer mon amour pour toi alors que toi, ma chérie, tu as été parfaite.
Je t'aime Harmonie, je t'aime ma fille.

Soudain, une lueur aveuglante jaillit des nombreuses nervures, et telle une poupée de porcelaine jetée à terre, le visage et le corps de Zéhira éclatèrent dans un éclat de lumière blanche immaculée.
Totalement aveuglée, Hoérra sentit son corps se propulser contre le mur sous le coup de la déflagration.
Une violente douleur s'empara d'elle, impossible à contenir.
Hoérra se rendit compte qu'elle perdait connaissance et juste avant de complètement s'éteindre, elle entendit au loin la voix de Zéhira :
— Merci, petite Hoérra.

CHAPITRE XVIIII

Chalari ou Diploste ?

— Hoérra, lève-toi !

La voix résonnait au loin.

— Hoérra ! Dernière sommation !

La jeune fille sortit lentement de son épais brouillard et parvint, au prix d'efforts acharnés, à ouvrir un œil.

Sans comprendre ce qui se passait, elle reconnut immédiatement sa chambre.

Je dois être dans le refuge !

Soudain, les récents évènements lui revinrent en mémoire.

C'est impossible, Mister Viridus est mort... peut-être que Polias sait se servir du rouleau, après tout.

— Hoérra, je vais vraiment me fâcher !

En tournant la tête, Hoérra découvrit la photo de ses parents et de Sam.

Elle était accrochée au mur et n'avait aucune trace de pliures.

J'ai l'impression que je ne l'ai jamais détachée pour la prendre avec moi dans le Chalari.

Poussée par la curiosité, elle entreprit de sortir de son lit. Se souvenant de la dernière douleur qu'elle avait ressentie avant de sombrer, elle grimaça à l'avance en anticipant la souffrance qui allait découler d'un tel effort physique.

Mais étonnamment, son corps se mit en branle comme s'il venait d'émerger d'une bonne nuit de sommeil.

Intriguée, elle s'observa dans le miroir.

Rassurée, elle redécouvrit son aspect filiforme de fille de onze ans et se rendit compte qu'elle n'avait aucune marque de strangulation au cou ni même de traces de sa précédente lutte.

— Hoérra !

Je suis revenue dans le Diploste ?

Échaudée par toutes ses péripéties passées, Hoérra se méfia. Elle ouvrit doucement la porte de sa chambre et marcha dans le couloir avec crainte.

Lorsqu'elle arriva dans le salon, elle huma une odeur de crêpes en train de cuire dans la poêle.

Devant les fourneaux s'affairait une femme à la chevelure courte et multicolore.

Sentant une présence dans son dos, crêpière à la main, la femme se retourna :

— Eh bien, ma sauterelle ! Ce n'est pas trop tôt ! T'en fais une de ses têtes, on dirait que tu as vu un fantôme !

Céline ponctua sa phrase par un rire doux et communicatif. Avec ses cheveux arc-en-ciel, ses grands yeux verts remplis de malice et sa silhouette tonique, Hoérra eut du mal à reconnaître sa mère.

C'est elle... en mieux ! J'ai l'impression qu'elle respire le bonheur et la joie de vivre.

Sortie de sa torpeur, l'enfant se jeta au cou de sa mère :

— Maman, tu m'as tellement manqué !

— En une nuit ? C'est pas banal !

— Mais t'as fait quoi à tes cheveux ?

Céline se regarda dans un miroir :

— Tu te sens bien, Hoérra ? Ils sont comme d'habitude, voyons. Allez, zou, à table : les crêpes sont prêtes !

Derrière elle, une voix grave résonna :

— Et accélère un peu, sinon tu vas vraiment finir par être en retard à l'école !

Hoérra se retourna et sauta au cou de son père.

Ma parole, lui aussi a suivi une cure de jouvence !

Stéphane avait un physique athlétique et son visage, frais et reposé, rayonnait de bonne humeur.

Une fois à table, Hoérra découvrit douze bougies sur la pile de crêpes :

— Joyeux anniversaire !

Hoérra souffla vigoureusement ses bougies.

Tout en la servant, Céline lui détailla le programme :

— Allez, mange et après tu vas t'habiller pour aller à l'école. Ce soir, Sam et ses parents viennent à la maison pour fêter ton anniversaire comme il se doit.

Hoérra était certaine d'être de retour dans le Diploste et malgré le bonheur de se savoir à la maison, elle ne put s'empêcher de remarquer que quelques détails avaient réellement changé depuis son départ.

C'est quoi le délire avec les cheveux de maman ? Au moins papa, lui, a toujours la même tête... remarque, elle est belle comme ça, elle pétille !
Et avec papa, ils se font à nouveau de bisous et des câlins. Et depuis quand ils sont là quand je pars à l'école ? D'habitude, ils sont déjà au travail quand je me lève... et d'ailleurs, depuis quand je retourne à l'école, moi ?
Cette pensée lui souleva le cœur, mais les derniers évènements qu'elle avait subis lui avaient appris à affronter ce qui lui faisait peur. Alors resignée, elle alla se laver et s'habiller.
— Allez, on te dépose et on file, car les avions et les fleurs n'attendent pas ! On reviendra te chercher après les cours, comme d'hab.
Son père avait déjà les clefs de la voiture en main :
— Quelque chose ne va pas, ma sauterelle ? demanda-t-il, un peu inquiet face à l'attitude inhabituelle de sa fille.
— Non, tout va... bien. Mais tu travailles avec les avions ? Et maman, tu n'as plus ta boutique à toi ?
— Comment veux-tu que je vole, sans avions ? Penses-tu qu'un pilote puisse travailler sans son appareil ?
Céline passa la main dans les cheveux de sa fille :
— Mais oui, ma chérie, j'ai toujours mon magasin, mais tu sais bien que le matin, Sonia fait l'ouverture et Bénédicte la fermeture. D'ailleurs, il faut que je leur apporte les crêpes, elles vont se régaler !
Là, c'est sûr, y' a du changement !

Mais Hoérra n'était pas au bout de ses surprises.

Soudain, son père ouvrit la porte d'entrée.

Devant elle, au lieu des habituels lauriers, platanes et oliviers de leur petit jardin du Sud, s'élevaient d'immenses arbres d'où s'échappaient des volutes de fumée colorée

Comme chez les Monokéros !

Hoérra s'avança dans le jardin.

Elle était entourée de végétaux multicolores ornés de fleurs aux teintes chamarrées. Des champignons fluorescents perçaient joyeusement les masses buissonneuses en forme d'animaux ou d'êtres humains.

Hoérra comprit qu'elle avait devant elle un vaste échantillon de toute la végétation qu'elle avait vue dans le Chalari.

Voyant sa fille bouche bée, Céline éclata de rire :

— On dirait que tu n'as jamais vu le jardin ! Viens, papa nous attend !

Une fois dans la voiture, Hoérra ne prononça pas un mot tant elle était absorbée par cette végétation qui n'était pas uniquement dans son jardin.

Dehors, il y avait un merveilleux mélange des paysages chalariens et diplostiens.

Ainsi, les oliviers semblaient apprécier d'avoir pour voisins des hibiscus bleus fluorescents, hauts de plus de cinq mètres. Les palmiers, les ifs, les chênes, les baobabs, les jujubiers, les saules verdoyants, les cerisiers, les pommiers, et les tamaris cohabitaient aisément avec les arbres au tronc fait de poils blancs au feuillage des plumes multicolores, au bloc de pierre d'ambre qui avait pour ramure des traînées de sables ocre, aux mousses vertes légères comme des nuages et aux fleurs de couleurs éclatantes apparaissant de tout côté.

L'automobile stoppa sur le parking qu'Hoérra reconnut comme celui de son ancienne école.
— À ce soir, ma chérie, attends-nous ici après les cours. On viendra te chercher à dix-sept heures, sans faute. Bisous, on t'aime. Et n'oublie pas : ce soir, on fait la fête !
Une fois seule sur l'aire de stationnement, Hoérra fut saisie par la peur et la tristesse.
La peur de l'école, mais surtout la tristesse face à tous les récents évènements qui lui revinrent en mémoire.
Anochi, Elden et Mister Viridus sont morts... Zéhira aussi. Je ne sais même pas ce que sont devenus Polias, Razi, Tsip et tous les autres !
Si les deux mondes ont fusionné, ça veut dire que le Chalari n'existe plus ? Et donc, qu'il n'y a plus de gardiens ou d'êtres élémentaux ?
Un léger coup sur l'épaule la sortit de ses pensées :
— Oh, pardon, je t'avais pas vue !
En se retournant, Hoérra découvrit que la phrase qui venait d'être prononcée provenait d'une toute petite fée évoluant dans les airs :
— Tu es une Seelies ?
— Une Unseelies, pour être exacte.
Un peu vexée par l'erreur d'identification, la petite fée battit des ailes et se sauva en direction de l'école.
Unseelies... on a perdu, le mal a gagné.

Mais alors, qu'est-ce que je fais là ?
C'est ma punition, car en réalité Zéhira n'est pas morte.
D'ailleurs, elle m'a remerciée avant que je m'évanouisse !
Elle m'a dit que je l'avais libérée.
Elle est en vie et elle a réussi à recréer son monde.
Zéhira avait raison… et Elden avait tort.
Et pour me châtier, je dois vivre dans son monde à elle.
En quête de réponses, Hoérra se précipita vers l'école afin d'en savoir plus.
Ce qu'elle découvrit devant l'établissement était bien au-dessus de tout ce qu'elle aurait pu imaginer.
Devant les grilles encore fermées se tenaient des parents avec leurs enfants.
Ce tableau aurait pu être semblable à une scène ordinaire diplostienne si l'ensemble de ce groupe avait appartenu à la race humaine, or il y avait aussi des Unseelies, des Seelies, des Monokéros, des Sylphes, des Drākōns et Dragons, des Chevaux ailés, des Leprechauns, des Oiseaux, des Nutons, des Centaures et des Arachnides.
Hoérra découvrit qu'un immense lac était apparu aux côtés de l'école et que la même scène se jouait avec des parents et enfants Margygrs.
Au loin, elle aperçut même Shedu et Lamassu avec leurs trois enfants, ainsi que Graouilly est une ribambelle de serpents ailés lui tournant autour.
Tous attendaient que l'école ouvre.
— Tu ne t'attendais pas à cela, n'est-ce pas, miss ?

Reconnaissant la chaude voix, le cœur battant, Hoérra se retourna.

Elden, sourire aux lèvres, se tenait juste derrière elle.

Il était aussi fort et puissant que lorsqu'elle l'avait vu sur le camp, avant la bataille. Ce contraste était saisissant avec la dernière vision qu'Hoérra avait de lui, chutant de plusieurs mètres de hauteur, affaibli, et surtout touché par l'arme de Kitra.

Autour de lui se tenaient Polias, Razi, Tsip, mais également Mister Viridus.

Tous étaient souriants et surtout vivants !

Hoérra se jeta sur eux et après de longues accolades, elle demanda :

— Mais comment est-ce possible ? Je t'ai vu Mister Viridus, tu étais sans vie, j'en suis sûre !

Et toi, Elden, Kitra t'a touché avec sa couronne mortelle.

Tout cela s'est-il réellement passé ou je suis complètement folle ?

Elden répondit avec son flegme habituel :

— Je pense qu'il fallait un peu de folie pour nous suivre dans cette odyssée, néanmoins tous les évènements que tu as vécus étaient bel et bien réels.

Avec Mister Trusty, nous avons rendu notre dernier souffle.

Mais grâce à toi, nous sommes revenus à la vie, car tu as exterminé l'arme initiale : celle de Zéhira. Ainsi, tous ceux qui ont péri par cette arme sont revenus à la vie.

Pleine d'espoir Hoérra demanda :

— Anochi ?

Comme réponse, Elden se décala légèrement pour laisser apparaître une magnifique statue d'or représentant le Monokéros.

Sur la plaque, elle put lire :

— Anochi.

Héros parmi les héros.

Ton courageux sacrifice a sauvé la vie à de nombreux êtres chalariens et diplostiens.

Notre gratitude sera éternelle.

— Je suis désolé, Hoérra, mais cela n'a fonctionné que sur ceux qui ont été touchés par l'arme de Zéhira.

— Alors Tomène, Karay, Simorgh et tous les êtres que j'ai vus périr ne reviendront jamais ?

Sans se concerter, le groupe se plaça autour d'Hoérra et chacun se recueillit en mémoire d'Anochi et des autres héros.

Une jeune voix de garçon retentit dans leurs dos :

— Hoérra, l'école est ouverte. Dépêche-toi, on va être en retard et tu sais que la maîtresse déteste ça.

Un blondinet l'attendait devant le portail que tenait une jeune femme brune.

Immédiatement, Hoérra la reconnut :

— Cécilia Payne ? Qu'est-ce qu'elle fait ici ?

Polias répondit :

— Lorsqu'elle a su que le Diploste avait radicalement évolué, elle a décidé de revenir pour aider les petits êtres à apprendre le plus de choses possible.

— Alors, ma prof c'est Cécilia Payne ? Je sens que je vais aimer l'école, moi ! Mais au fait, pourquoi le Diploste a autant changé ?

Ce fut Mister Trusty qui lui donna la réponse :

— C'est grâce à toi ! En effaçant Zéhira, tu as effacé toutes ses œuvres ! Ainsi il n'y a plus de système monétaire, de consommation de masse, de pollutions, de dépressions, ni de religions... et plus de Nathalie !

— Alors, les humains ne croient plus en rien ?

Razi répondit :

— Non, ils ne croient plus… ils savent !

Ils se souviennent à nouveau du Chalari, du cycle, des passages, des gardiens et des êtres élémentaux. C'est pour cela qu'ils sont tous là, car même ceux qui se battaient pour Zéhira ont réalisé leur erreur… grâce à toi !

— Un compliment de Razi ? Les mondes ont vraiment changé !

L'éclat de rire du groupe fut interrompu par une voix féminine suave :

— Excusez-moi.

Hoérra se retourna et reconnut immédiatement Brata'ry, la Sphinge.

Oh non ! Ça va pas recommencer ?

Voyant l'angoisse sur le visage de l'enfant, la femme au corps de lion ailé tint à la rassurer :

— Je voulais juste donner la réponse à votre énigme :

Inscrite dès notre naissance,

On ne peut lui échapper.

Chacun doit lui faire confiance,
Car on ne peut pas la changer.
Qui est-elle ?
Il s'agit de la destinée.
— Bravo ! Vous êtes décidément très forte !
Ravie du compliment et de sa bonne réponse, la Sphinge s'en alla, tête haute.
En regardant ses amis, Hoérra demanda :
— À propos, j'ai une question à poser à Mister Viridus et surtout à Polias. Pouvez-vous enfin me dire pourquoi vous étiez si changeant avec moi ? Pourquoi vous étiez par moment chaleureux, affectifs et bienveillants, alors que des fois vous avez été très durs, distants voire méchants, n'est-ce pas Polias !
Polias s'empressa de répondre, visiblement soulagée :
— Merci de poser la question, car cela me pesait vraiment ! Nous avons été forcés d'agir de la sorte. Par moment, nous avions besoin qu'Harmonie réapparaisse pour dépasser les épreuves que tu affrontais, alors qu'à d'autres, Hoérra était un véritable atout dans notre quête. En battant ainsi le chaud et le froid, nous avons pu nous "servir" de celle qu'il nous fallait à des instants bien précis. Mais comme Viridus avait beaucoup de mal à être désagréable avec toi, c'est bibi qui s'est coltiné le sale boulot !
— Je comprends. Merci à vous deux d'avoir été à mes côtés jusqu'au bout.
Mais au fait, où sont les autres gardiens ?
Elden répondit :

— Je vais devoir m'entretenir très sérieusement avec Kitra et Mar.

Polias va devoir faire de même avec Armen. Rahel et Tali se sont déjà rendu compte de leurs erreurs.

Silas, Dara, Béthanie et Élina sont retournés là où ils aiment être, là où ils doivent être : à leur porte, leur passage.

— Mais toi, Polias et Razi, pourquoi vous n'y êtes pas ?

Elden n'eut pas le temps de répondre, car une voix féminine et autoritaire s'éleva derrière Hoérra :

— Mademoiselle Hoérra-Harmonie, vous êtes attendue dans l'école !

Hoérra - Harmonie ?

Aussitôt, elle sentit que oui, elle était bien les deux et même bien plus que cela.

Toutes ses vies antérieures avaient enfin trouvé leur place dans son corps et chacune était à présent indissociable l'une de l'autre.

— J'arrive, mademoiselle !

On se retrouve après les cours, hein ? hurla Hoérra en courant vers la maîtresse.

Personne ne lui répondit et tous la regardèrent s'éloigner vers le petit blondinet qui l'attendait patiemment.

Hoérra laissa passer les enfants de Lamassu et Shedu en les saluant chaleureusement. Alors qu'elle franchit le portail de l'école, le garçon lui prit la main.

Interloquée, elle lui demanda :

— Tu peux me rappeler ton prénom ?

— Cadmos.

Un léger sourire se dessina sur son visage alors qu'elle serrait un peu plus la main du blondinet.

Une fois dans la cour, la fillette se retourna pour contempler un groupe qui l'observait.

Il y avait un vieil homme aux cheveux blancs et au regard perçant, une magnifique brune au corps athlétique, un être lumineux à la beauté sans égale, un autre homme qui ressemblait au premier et un chien à trois têtes.

Tous la regardaient avec émotion.

— Cadmos, c'est qui ces gens ?

— Aucune idée ! répondit le garçon en levant les épaules.

— Allez, dépêchez-vous, les retardataires ! gronda doucement la maîtresse Cécilia, aujourd'hui nous étudions la physique quantique !

— Chouette ! s'extasia Hoérra-Harmonie en s'engouffrant dans la salle de classe.

Ce furent les gémissements de Tsip qui mirent fin au silence de marbre qui enveloppait le petit groupe.

— Bon, et bien, avec Tsip nous allons retourner nous aussi à notre passage, murmura Razi en s'essuyant les yeux.

— Quant à moi, je vais aller voir comment s'en sort Briac, souffla faiblement Mister Viridus en s'élevant dans les airs.

Alors qu'Elden et Polias repartaient vers leur domaine respectif, la gardienne demanda avec des tremblements dans la voix :

— Pourquoi ne lui as-tu pas dit qu'une fois le portail de l'école passé, elle allait tout oublier ? Qu'elle allait nous oublier ?

Elden s'essuya discrètement les yeux et chuchota :

— Tu sais que je déteste les adieux, ma chère.

FIN

Spoiler alert !

À partir de cette page, certains éléments sont dévoilés.

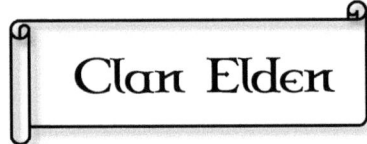

Razi
« Secret » en araméen.
HADÈS, dans la mythologie Grecque, dieu du royaume des morts.

Polias
Vient du mot grec « Polis », qui désignait la cité-état en Grèce, c'est-à-dire une communauté de citoyens libres et autonomes.
ATHÉNA : Déesse de la protection des cités et de la vie civique, la guerre, l'artisanat et les techniques.

Silas
En grec, vient du mot « Sîba » signifiant « Le demandé ».
HÉLIOS : dieu du Soleil personnifié.

Luana
Dara

En hébreu : « sagesse, compassion ».
LÉTO : première épouse de Zeus.

Pot d'colle
Béthanie : « Grâce » en hébreu.
HESTIA : la déesse du feu sacré et du foyer.

Elina
« Dieu est seigneur » en hébreu.
EOS : la déesse de l'aube.

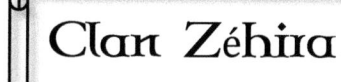

Clan Zéhira

Mar
« Seigneur » en araméen.
POSÉIDON : dieu de la mer, des séismes et des chevaux.

Rahel
« Brebis » en araméen.

DÉMÉTER : déesse de la fertilité, du blé et de la terre cultivée.

 ### Kitra
« Couronne » en araméen.
HÉRA : reine des dieux, mais aussi la déesse du mariage, gardienne de la fécondité du couple et des femmes en couches.

 ### Sahar
« Lune » en araméen.
SÉLÉNÉ : déesse de la lune.

 ### Armen
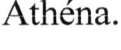
« Arménien » en araméen.
PALLAS : géant, fils de Gaïa (la Terre) et d'Ouranos (le Ciel). Pallas est aussi un autre nom pour désigner la déesse Athéna.

 ### Tali
« Ma rosée » en araméen.
ASTÉRIA : personnification de la nuit étoilée.

Épilogue

Comme dirait Jean-Louis Aubert : « Voilà, c'est fini. »

Lorsque j'ai écrit le mot "FIN" au bas du troisième tome, un profond sentiment de complétude m'a envahie. J'étais aux anges d'avoir « bouclé la boucle » et de m'être prouvé que je pouvais mener à bien ce projet débuté il y a quatre ans.

Mais au-delà de la satisfaction personnelle, j'ai ressenti une responsabilité envers Hoérra : celle de conclure son histoire avec justesse.

La laisser inachevée aurait été cruel, surtout au regard de tout ce qu'elle m'a apporté.

La trilogie Hoérra n'est ni une autobiographie ni une thérapie, mais elle a joué un rôle essentiel dans mon parcours personnel : elle m'a "juste" permis de recalibrer mon esprit pour qu'il parte enfin dans la bonne direction.

Je suis désolée si, au détour d'une phrase ou d'un mot, vous avez perçu un aveu personnel ou une confidence intime, mais Hoérra est à cent pour cent imaginaire. Et si vous pensez qu'il est nécessaire de vivre les événements pour les retranscrire aussi fidèlement, je vous répondrai que l'hyperempathie est un merveilleux allié pour voyager dans les émotions.

Pour la dernière fois dans ces pages, je tiens à exprimer ma profonde gratitude envers toutes les personnes qui ont participé, de près ou de loin, à l'élaboration de cette histoire, qui s'est transformée en livres.

Merci à mes amis, et à ma famille, d'avoir cru en moi et d'avoir supporté mes envolées littéraires pendant ces quatre années.

Si vous avez apprécié la qualité éditoriale de ces livres, sachez qu'il s'agit d'un travail d'équipe. Un grand merci à tous ceux qui ont pris le temps de me relire, notamment à mes deux correctrices au regard affûté et à l'indulgence infinie.

À toutes les personnes qui ont relevé mon moral quand je n'y croyais plus, à celles qui ont sollicité leurs amis éditeurs pour m'aider à me réinventer, et à celles qui m'ont soutenue dès la première parution du tome un, votre présence a été précieuse tout au long de ce parcours.

Pour son infinie patience, sa gentillesse et son caractère

bien trempé, je tiens à remercier mon mari, qui m'a toujours épaulée et qui croit en moi bien plus que moi-même.

Et surtout, merci à vous, LECTEUR, qui, en tenant ce livre entre vos mains, devenez à présent le gardien d'Hoérra. Hoérra ne m'appartient plus, elle est à vous.

Faites-la voyager, pour qu'elle puisse apporter autant d'enrichissement qu'elle m'en a apporté.

Ah ! Et une petite confidence avant de nous quitter… Le prénom "Hoérra" vient du mot tahitien *AUHO'ERA'A*, qui signifie « harmonie ».

Dans la mythologie grecque, Harmonie est l'unique fille d'Aphrodite (Zéhira dans notre histoire), déesse de l'amour.

Voila ! Le fil de l'histoire est retissé jusqu'au dernier nœud.